父子

傅月庵

張幼玫・楊雅棠 攝影

序

多年父子成兄弟

陳浩

小女兒一天晚上跟我討論，余文樂抱兒子親兒子的照片，寵愛得不得了，她悠悠地說：「許多爸爸都在把握能跟兒子親密的時光，因為真的不會很長。我男生同學，一到初中以後，就算不跟老爸鬧彆扭，也不可能像小時候一樣了。」

看我一臉疑問，她接著說：「媽媽能跟兒子一直很親，女兒能跟爸爸一直很親，女兒能跟媽媽也很親。但是兒子到了青春期，父子的親密關係就會有很大的改變。」

「矮油，男人之間的親密，表達方式不一樣啦！你在路上當然不會看到大男生跟老爸手牽手，但是並不表示父子不親啊！」換她一臉迷惑，我說：「多年父子成兄弟！」「兄弟？」「對，你不懂啦！」「對啦你懂，你只能和我當姊妹！」

她們出生前，我讀到一篇汪曾祺的文章，其中有一小段寫道：

他喝酒，給我也倒一杯。抽煙，一次抽出兩根，他一根我一根。他還總是先給我點上火。我們的這種關係，他人或以為怪。父親說：我們是多年父子成兄弟。

在我那一代人的成長經驗裡，這叫「煙牌」，像是成年禮，Man to Man，男孩在家裡有了大人的地位，但是離「多年父子成兄弟」還有很大距離，汪曾祺文章中有更多的兩代之間「沒大沒小」的相處細節，一家人都是好脾氣。

不過，我看電影『終極警探』第四集，約翰・麥克連跟他兒子兩個都火爆，聯手打怪也成兄弟。有一回，好朋友遇見人生事業難關，我竟以「打虎親兄弟、上陣父子兵」勸他要倚重已成年的兒子。汪曾祺筆下的父子兄弟，今天或有新的理解，不見得人人都願把「兄弟」當成父子關係的最高發展階段。

養兒子必定跟養女兒不同。當年我祈禱生女兒，因為從小兄弟仨，追打滾爬，以為熟透了男生長大的套路，女兒不同，新鮮物種，從抱在懷裡就大不同，哭不同笑不同，其實也就是想滿足我長久以來的好奇心，猜猜女孩兒家成長的心事什麼的。

二十多年過去了，女兒們的戲路也滾瓜爛熟，好事破事曲曲折折，什麼告訴爹什麼告訴媽，什麼事姊妹自個兒嘀嘀咕咕……。大約到了她們上了高中，也就是青春期吧，女生的秘密多了，讓老爸知道倒沒什麼，但絕對不能寫，照片未經批准不可以上臉書，所以女兒們做為文字靈感的時代正式終結，後來的故事還是精采，只能爛在肚子裡。

還好有小寶！雖然也是看他長大，即使年節「插花」參與有限，我發現我錯了，男娃兒長大的過程，也是各種好玩好笑、古靈精怪，尤其是從小活佛長到大活寶、從小鮮肉到美少年的戲碼，不斷翻新。

我可是有兩個臉書本本的實時追蹤，一本是老爸的陪伴紀實，睡前喇咧，路上瞎扯，再加上老爹的唏噓叮嚀、微言大義，等等；另一本是老媽的成長日記、嘰哩呱啦，充滿了各種蜜裡調油的驚嘆號！尤其是老媽鉅細靡遺的攝影索引，總有「大家」之作，每年還有視頻版導演範兒的聖誕大秀。老爸多才老媽多藝，鋪成了《父子》此書的底色。

父子關係一直是道人生習題，不是每個人答題都能很順利。有人遺憾與父親的關係，有人希望人生重來，重新答題。「父母緣」和「子女緣」緣長緣短，半點不由人。

傅月庵書中寫兒子，也寫了父親。他看見父親的不容易，多少影響了他的晚婚，但也拉著一位女生的手，到父親病榻前，安慰了臨終的父親。這個勇敢的美麗女子，成為他的妻，也讓他嚐到為人父親的滋味。他們對兒子，百般寵愛，小寶聰慧可人，父子關係彌補了遺憾。這其中的因緣，埋在文字深處，思之感心。

他寫兒子，也與兒子深情述說自己的父親：

我是當上了爸爸，才真正開始瞭解爸爸的。因為有你，我成了「父親的一員」，因為與你生活在一起，讓年過半百的我更加理解昔日我的父親的心情，為什麼喜？為什麼怒、哀、樂？也更能心平靜氣地去看待他所遭逢的困難與無奈，時代所加諸於他的種種限制。因為你，我自覺或不自覺，時常念想我那一逝不再回來的父親，更貼近他的心。

緊接著這段代表本書內核的父子告白，是長文「父親」，寫父親的身世，少年漂泊，中年困頓，寫自己做為兒子的期盼失望快樂哀傷，對父親的不理解與理解，不同情與同情，不愛與愛。在台灣的那一代人，都不容易，父親的失意人生，愛孩子又愛不了；孩子不能仰望父親，成長中一直有怨，直到父親在病榻的最後幾年，兒子才放下，才真正願意去理解諒解，擁抱父親生命的全部。

這篇書寫「父親」，是傅月庵這本「父親的兒子與兒子的父親」真正的重量，他為自己的兒子而寫父親，抱起了「父親」的身體，放在了人子的心上。我們讀到這裡，才感受到全書的溫度，接著讀下去他對兒子的親密書寫，字字句句都有了父親的著落。月庵小寶他們父子未來是否成兄弟，我還不敢說，但是父子緣深，現在已是人生路上的好朋友了。

最後，送給親愛的小寶一首詩歌

Jonah Lake（Otterdahl）作詞作曲的「有陷阱，別長大」。其實是送給小寶媽的，因為小寶媽會想辦法。

I'm like the kid on the moon or peter pan
Flying so high because I can
As I grew up, I was not told life would be like this
They are running away from what is real
Life is like music but they don't listen
Taken by the blues and they don't hear a sound

Don't grow up it's a trap

Why should we stop playing if we are having fun

A smile upon our faces when the days I done

Kiss the world goodnight and start all over again

When I was a child life was more than living

Living everyday to the maximum

Now freedom is a mission I try to follow through

Don't grow up it's a trap

Do not be fooled by their stories ,

keep on being who you are

Once you are like them there is no turning back

Speak because you can, sing because you want to

Love because you love and do what's right

Like a fire in the night, we can burn so beautiful

Don't grow up it's a trap

作者簡介：陳浩，資深媒體人，小寶口中的嘎爹（乾爹）。

代序

竟當了父親

身為獨子，一到適婚年齡，耳邊便不得安寧，雖然多半時間躲在校園裡，但還是常被流彈所波及。「有沒有女朋友啊？何時結婚？」「年紀不小嘍，爸媽想抱孫子哩。」父親或因晚婚，更可能是婚姻生活不算美滿，對此少有意見，不怎麼說，遑論催人。倒是母親，經常表現出她的期待與焦慮，而我，總裝作不知，或三言兩語搪塞過去了。

對於婚姻，我沒甚憧憬，從小看多了父母的爭吵，竟有些「冷感」了。雖然也交女朋友，卻從不想望結婚這件事。誰知一個緣起，也就結婚，還生子了。

父親過世前幾天，已近彌留，家人心裡有數，大限不遠了。父親的痛苦呻吟，讓我痛澈心肺，都不知該如何自處，一心只盼他早些踏上旅途，過身、往生得成。但，他總不走，一直拖著，痛苦著。「應該還有心願未了吧。你們想想，有什麼事讓他走不開腳的？」一名長輩這樣說。

隔天，我帶了一名女孩子回家，很好很熟的朋友。她也不計較、不懼怕滿室的死亡氣息，緊握著父親的手，要他好好休息。父親原本無神的雙眼，直睩睩轉了幾轉，嘴角抿了抿，彷彿在笑。後來，我在父親耳邊輕聲地說：「你放心，我會結婚的，你好好走，就別掛念了。」

再隔一天，父親過世了。或許因為承諾，或許因為父親冥冥庇佑，總之，三年之後，我結婚了，就跟那女孩，此年我四十四歲。新婚沒多久，我上張大春廣播節目——他也是堅持「忠告」我一定要結婚的少數人之一——他又如兄長般嚴肅地對我說：「你趕快生小孩吧。都幾歲了。你是非生不可的，要生就快生！」「你已經拉我進圍城了，還要推我入火坑啊？」我笑著回答。這種年紀，生個兒子當孫子啊。才不！

但或許除了我之外，所有人的願力、念力匯聚，總而言之，我又成了父親，此年我四十八歲。每次想到這事，我總會記起胡適之先生所寫〈我的兒子〉詩裡的那一句：「我實在不要兒子，兒子自己來了。」來了就來了，雙魚座的人，凡事往抵抗力弱的方向走。接受實比抗拒容易，生下來總不能再塞回去！於是，欣然與兒共舞，把兒子當朋友，天天與他混，竟也混出了一些心得：關於遺傳這件事，等你「有後」了，便會加速度地在你身上顯露。換言之，當你有了兒子，你的父親便會從你的身體裡鑽了出來。

於是，你會發現，無論是幫兒子洗臉、穿襪、牽他走路、餵他飯吃，甚至囑咐他要乖、要小心！你所使用的手法、順序、語彙，幾乎都是久遠之前，你父親對待你的那一套。於是，你感覺自己又重新活了一次，跟你的父親。——任何一對父子同行時，其實都是三人兩對的。

「我是當了爸爸之後，才學會當爸爸的。」孫大偉的廣告名語，以前不懂，現在懂了。

目次

三分鐘

「爸爸你陪我玩啦。」

「爸爸忙，只能陪你三分鐘。」

「那也很久了啊爸爸。」

「三分鐘很久？沒有啦，就一下子。」

「不會啊。我被罰站的時候，三分鐘就很久很久了啊。」

孩子，境由心生，所以，接下來你也就會知道，三分鐘也可以很快，尤其當你快樂的時候。就像四十八歲時，我與你初識，沒想到一眨眼，你就要四歲了；就像四十四歲時，我與媽媽初婚，沒想到一下子就八年過去了。

據說，蕭伯納講過這樣的話：婚姻像參加黑社會祕密組織，還沒加入不知可怕；加入之後，知道可怕也不能說。但黑社會也可以漂白，有了子女，就算可怕，也都不能怕，不怕了。「女性本弱，為母則強」，這話說偏了，男的、當父親的，何嘗不是!?所以，孩子，就是因為有了你，讓爸爸媽媽的生活多了很多歡樂，有了很多事可以做。浮生若夢，能笑能做，也就算幸福的了。

時間是絕對的，心情卻是相對的，同樣的三分鐘，可以歡樂也可以哀愁。人也一樣，生命是絕對的，好壞卻是相對的。生有一個老爸爸，好也不好。好的是，老父疼嫩子，總是肯多花一點時間，跟你混一混，聽你說一說，且視此為重要大事；不好的是，我們台灣男人，四十歲以後多半只剩下一張嘴，要他陪你說話容易，要他帶你東奔西跑，一日看盡長安花，那就有些困難：他體力負荷不了。

所以，孩子，我很高興你是個愛說話的孩子，所以我們總有話題可聊。我可以講很多，也聽你講不少。也許，老爸爸活久了，為了來日更長些，底層意識裡總希望自己能回到從前，回到童年，所以老愛跟你混，把祖孫的年紀、父子的名分都混成兄弟的情緣了。

看著你的小小的手，我想起了／我的父親，當他老去之時／與我緊緊的那一握／如今還不能，但肯定有一天／我也會握著你的手，一如／昔日我的父親所做所說：／天地寬闊，時間還有／我們慢慢地走

初次超音波圖片辨識出你的容顏，那天夜裡，我寫下了一大段話，這是其中一部分。孩子，血緣是流動不止的，看到你，總讓我想起你的祖父我的父親，且竟能追憶起當我跟你一樣大時，他跟我相處的種種。然後，看著你，我竟彷彿看到彼時的我了。這種時空的轉置，我不知其他當父親的是否也都如此？但我相信，為人父者的快樂，再沒比這更神奇的了。

生下你，新手父母難免焦慮。媽媽買了許多書，總覺得照書養，不容易出差錯。她是老師，她相信書。爸爸愛買書，卻從不買也不看育兒寶典。媽媽不能理解，總說我不合作，「這樣不好！」。我笑了笑，不說什麼，心裡卻自有聲音回應：「天上掉下來的禮物，照著說明書組裝，玩幾天就膩了。跟他混、不停摸索，一塊塊拼裝組合，那種樂趣，才能長久。」

所以，孩子，我們互為彼此的禮物，我不能也不想「教育」你多少，我只能只願陪你走儘量長的一段路。你找到樂趣，你摸索出了什麼，那就是你自己的風格。

孩子，生活可以隨和，生命需要風格。生活隨便過，隨不隨和沒關係；生命很難得，我希望你一定要有自己的風格！

睡不著

「爸爸我睡不著？」

「大人才可以睡不著。小孩子有什麼睡不著的？」

「大人為什麼可以睡不著？為什麼？」

「大人有煩惱。有煩惱的人才會睡不著。」

「喔。……」

（幾分鐘過去）

「爸爸我睡不著！」

「大人才可以睡不著。小孩子有什麼睡不著的？」

「爸爸我有煩惱。」

「你有煩惱?!你有什麼煩惱？」

「湯瑪士不好好開車，它都會去撞HIRO。我很煩惱我睡不著。」

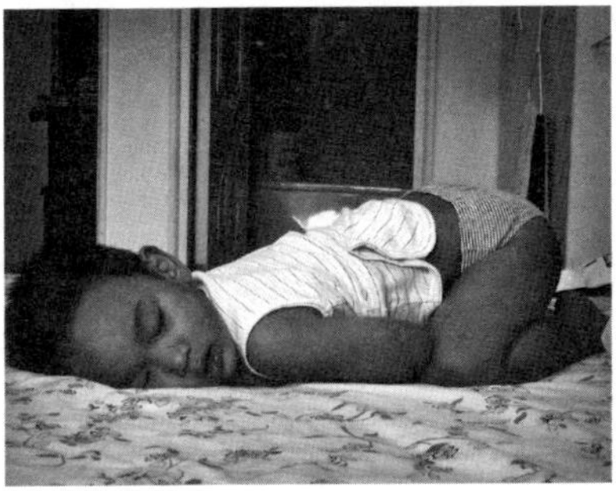

「喔。……」
（孩子，你行！恁北又敗給你了。）

暴龍

「爸爸，你說給我聽啦。」早上七點不到，他便拿著一本「找找看」的繪本要我講給他聽。

「喔，講這個吧。」叢林裡有老虎有獅子有鱷魚有蜥蜴、蝸牛、鳥……。

「這是老虎，獅子，鱷魚。你怕不怕？」

「我不怕！」

「為什麼？」

「因為我是可怕的小暴龍。吼～～～」自從二樓阿姨教他暴龍怎麼叫之後，一說起暴龍，他就要吼一大聲。

「而且，我吃過獅子頭。你知道嗎？我厲不厲害？」

「厲害。好厲害！」（孩子，你還真會聯想哪。）

「而且，爸爸，我跟你說我還吃過一種頭。」聲音忽然小起來，很神秘。

「什麼頭？老虎頭嗎？」

「不是啦。爸爸，是蛇頭，蛇的頭。就在我嘴吧裡。你知道嗎？我厲不厲害？」他很小聲地在我耳邊說。

「……」

孩子，這個我今天才知道。你真的很厲害。恁北又輸給你了。

豬八戒

友人送過我一隻鋼製「不求人」，可伸縮的，擱在書架上，想抓癢就用。

昨晚被他找到，教他如何伸縮，如何扒背，他樂得玩了一整晚。

今早起床，繼續玩：「爸爸，你有沒有癢？我幫你抓抓抓。」

然後，開始耍弄了：「這邊～這邊～往這邊。我是交通指揮。」

「有個叫豬八戒的，也有一隻抓抓抓。很大隻的。」我說

「那他厲不厲害？很厲害嗎？」「也算厲害的啦。」

我在臥室更衣，準備出門了。他在彈簧床上蹦蹦跳跳：「我是豬八戒，我～是豬八戒，我～要指揮交通……」他邊跳邊唱，我邊聽邊笑：「也有人那麼快樂說自己是豬八戒的?!」

孩子都是快樂的。他們如是而活，如是而樂，少有價值判斷，「豬八戒」與「愚笨」牽扯不上關係，所以能玩能唱能樂。我想。大人妄想多多，且

隨時在作價值判斷，想東想西，一聽到「豬八戒」，馬上聯想「愚蠢好色！」「罵人的話！」「我不要！」於是大人都不想當豬八戒，於是少了很多樂趣。

「至道無難，唯嫌揀擇」，事情一有分別心，一起價值判斷，那就累了。所謂「知識」也者，尤其關乎人文者，幾乎全在增進個人價值判斷能力。蘇東坡「人生憂患識字始」，王國維「知識增時轉益疑」云云，或皆因此而來的吧。

孩子，再沒多久，你便要入學，便要識字。在此之前，且先好好享受當個「豬八戒」的快樂吧！

餓餓餓

「爸爸，我睡不著，我好餓。」（不到三十分鐘前，你剛灌下一瓶牛奶好不好？）

「是肚子餓還是肚子痛？講好！」（我又想起可怕的《腸套疊》）

「是餓啦。我肚子好餓。」

「怎麼餓？」

「就是好餓好餓啦。我睡不著，我好餓！」

「是不是有東西在肚子裡跑來跑去的樣子？」（沒關係，看恁北怎麼治你。）

「是啦，就是那樣。我肚子好餓好餓！」

「嗯，沒錯，那個東西就是『餓』。來，我摸摸看。」

「……。真的好餓好餓。你摸到了沒有？」

「嗯～好像有三隻，跑來跑去，難怪你會好餓好餓。」

「那怎麼辦？」
「幫你抓啊。過來！」
（我把手在他肚子摸索半天，順勢一揪）
「一隻。抓到一隻『餓』了！」
「爸爸，你好厲害！」
「還有兩隻。通通抓到才厲害。」
（連揪兩次，他樂得吱吱叫。）
「都抓完了。還餓嗎？」
「好像不會了。爸爸好厲害！」
「不餓了就快睡吧！」（知道恁北的厲害了吧。挖哈哈哈～）
「爸爸，我的『豆宅』有尖尖東西，我睡不著啦！」（咦～又來了！）
「哪裡？我摸摸看。」
「有沒有？」
「喔，有啦，剛剛抓得太快。『餓』的衣服卡在那裡。」
「那怎麼辦？」

「怎麼辦？再抓一次啊。」

（如法炮製，再揪一次！）

「你看，抓出來了。聞聞看，是不是衣服的味道？」

（我把手放他鼻子底下，愛玩我就跟你玩！）

「對，是衣服的味道。爸爸好厲害！」

「好啦好啦，快睡覺吧。」

「爸爸，我跟你說喔，還有一隻餓在我肚子很裡面。你都沒抓到。」（耳邊又響起陣陣兒子的聲音。拜託，五分鐘不到，哩嘛幫幫忙，恁北上班很累咧。）

「不過，你不用抓，我不餓了。」

「為什麼？」（我也很好奇。）

「就是我剛剛放了屁阿，他就跑出來了啦。」

「……」（靠！恁北又輸給你了。）

挑禮物

帶他去玩具反斗城。此行任務，早經三令五申說明過了：一、他挑玩具。二、我拍照。三、寫信提醒聖誕老公公，別送錯禮物或送錯人了。

「……我就去睡覺，早上醒來，媽媽看到我的棉被大大的，就說那是什麼？我就知道是聖誕老公公送禮物來了！」

「那，要不要掛襪子？」

「不用阿，我的禮物很大。放棉被裡就好了。」

玩具反斗城也很大。他東奔西跑吱吱叫。上個月起，我們家早有公告：「不要再買玩具。太多了他不知愛惜哪！」（所以，隨你看吧，孩子，反正老子今晚只看不買！）

他很識相。選定一輛遙控堆高機拍照後，又看到一個「工地組」，愛得要命，卻只自言自語：「明年生日我就要買這個。爸爸，這樣可以嗎？」「喔，當然可以！」我神清氣閒地回答。

看他蹲在玩具前碎碎念的背影，復想起小學二年級我連守幾個月最終還是眼睜睜看人買走的那輛鐵皮戰車。突然覺得自己真殘忍，把人塞到糖罐，卻要他一口不能沾。我幹嘛啊我。好吧好吧，那就買「俗擱大碗的」。

「你可以選一個這個。」

「這個很貴嗎？」

「爸爸買得起。回去不要說就好了。」

「我把它藏起來。媽媽就不知道了。」（好孩子，你真聰明！）

「媽媽如果發現就要承認。知道嗎？」

「不能說謊。」

「對！」

父子倆抱著一個「工程車組」，走出反斗城。我鞋帶鬆了，低頭繫緊，發覺地上有異物。

「哈，小寶，爸爸撿到一百塊！你看。」

「爸爸，你好厲害喔～」

「是阿。特價又打七五折。這下媽媽不會念了。」

回家後，他把新車藏到舊車裡，拍了一張照片。

「好像真的不該再買了！」看過照片，我覺得。

（喔，忘了講。孩子，撿到一百塊可以放口袋裡。沒問題。這是爸爸說的。交給警察，會被罵！）

來，孩子，讀本書吧！也許不是現在，但我希望將來總有一天你能讀到且好好讀完這本書。彼時，你或許不時會在書頁裡發現一些碎屑污漬，請不要嫌髒，那只不過讓你知道，當年你的父親是如何鍾愛這本書，讀到連喝茶進食時，都還捨不得放下。

當然，等你能看這本書時，早有人教你：「不可邊吃邊讀，會消化不良！」那是很多人都相信的說法。但在我們家，從來都是「邊吃邊讀」的。身體會餓，腦袋也會餓，我們從嘴巴補充身體養分；用眼睛補充腦袋糧食，也就是書。這兩件事，分開也行，合在一起無妨，甚至更快樂些。這是我們家的好傳統，不用在意別人說法，儘管做去就對了。

剛好，我要跟你說的這本書，《吉訶德先生》（或說《唐吉訶德》，唐，DON，是西班牙語的敬稱，約略就是「先生」的意思），裡面所要講的，也正是一個沒落的鄉下紳士，瘦巴巴的高個子，全然不顧世人的指點譏諷，帶著一個胖傻僕人，騎上一匹毛都快掉光的老瘦馬，身穿爛鎧甲，手拿破盾牌、長矛，四處流浪，要去尋找那個人們認定早已不存在的騎士國度，進行他的冒險之旅。——就算被笑罵「瘋狂」，他照樣我行我素！

他的幾趟旅程都很困難，卻也有趣。在他的眼裡，風車成了巨人，鄉野旅店是石牆古堡，羊群變成了軍隊……。他勇敢地與它們戰鬥，一衝再衝，倒地再起，直到傷痕累累。人家說他神智不清、簡直瘋了，他卻勇氣十足，堅毅不移，始終牢牢信守騎士的風度與信條：光明正大，氣魄非凡。

這本書，看一次，你也許只覺得有趣。我多麼希望你能再看第二次、三次……，直到有一天，你看得掉淚了。

孩子，你今時兩歲九個月，剛在這個世界裡萌芽探頭，然後，就要參加人間的遊戲了。你已會聽會說，很快地，你將發現，耳邊最常聽到的字是「不」：不要！不行！不能！不准！不對！不好！不可以不應該……。這些話，說出口時多半為了你好，怕你出事，用來告誡保護。到了你耳朵，一聽再聽，卻很可能綁住你，成了一種制約，最後，讓你「不敢」：不敢看不敢動不敢作不敢跑不敢跳……。最糟糕的是，想都不敢想了。

「想」是一種可能，「夢想」更是一種樂趣。「不敢」則讓一切不可能，人生無趣了。孩子，你知道嗎？每天跟你玩跟你聊，聽到你「竹篙叨菜刀」，一條被單都能有那麼多的混搭想像，我總是很高興。我們這一代人，成長過程裡，曾被嚴格管制，從頭到腳，從讀的書到腦袋裡的想法，都被檢查得乾乾淨淨，規定得清清楚楚。也因此，相對於你的母親，我經常不自覺地對你多說了很多「不」，那是不好的，我很清楚，但我已經是這樣的了，要改也不容易。因此，我寄望這本書能讓你讀出我的擔心：我不怕你拒絕、反抗，甚至叛逆，我最怕的是因為聽多了「不」，你竟然就不敢對這世界說「不」，害怕與眾不同，輕易就俯首順從了。

孩子，《吉訶德先生》後來被一位名叫 Dale Wasserman 的劇作家改編成舞台劇《夢幻騎士》（Man of La Mancha）。全劇最後有個大合唱，非常好，這幾句歌詞你也得讀一讀，將來不管碰到了什麼困難，面對何種挫折，我相信，它總會給你一些什麼：

憧憬那無法實現的夢想，
擊敗那不敗的敵人，
忍受那無法忍受的哀愁，
奔向那勇者弗敢去的地方……
雖然目標迢迢在遠處，
雖然旅途疲乏多辛勞，
仍須攀摘那不可企及的星宿，
雖然它在無法想像的高度。
生活要意氣昂揚向藍天，
無遠弗屆無涯限。

孩子，夢想就是這樣的，讓你興奮讓你樂，但也很辛苦。不用多想多做，老實平凡地過，那是一種人生；勇敢去想去做，就算被打得鼻青臉腫，至少換來另一種真實，那也是一種選擇。我但願你能找出最適合你的。

嚕嚕車

這次不是父子對話，是「聆兒對話」。週六帶他到榮星花園騎他的「嚕嚕車」。嚕嚕車者，無法腳踏，僅能以兩腳在地上「嚕」，讓車前進，練習平衡感的「另類腳踏車」。他早操控自如，騎得很神了。

榮星花園噴水池常有人騎嚕嚕車，他與一對姊妹興高采烈同騎幾回，依依不捨告別後，場面忽然冷清下來。愛熱鬧的他顯然有點無聊了。

幸而有位哥哥騎著加了輔助輪的小腳踏車，也來了。他一看，兩眼發亮，腳一蹬，立刻靠過去：「哥哥，我跟你換車子騎好嗎？我這個車很好，可以這樣嚕嚕嚕喔。」去年生日，他原本「注文」一輛粉紅色小腳踏車，誰知一念偏差，最後換了一輛「垃圾車」。垃圾車玩厭了，此刻腳踏車又成了他的思念標的：「今年生日我就是要一輛粉紅色的腳踏車喔媽媽，你知道嗎？」時不時，他總要如此提醒媽媽。

哥哥一看就知是個老實小孩。「可是我不喜歡。」講了半天，只回了這幾個字，讓他一時無計可施了。想了想，又說了一次：「哥哥，可是我很喜歡你的腳踏車阿。我們來分享，你騎我的，我騎你的啦。」「可是我不喜歡你的車啊。」又被打回票了。他跑回來討救兵：「媽媽，哥哥都不跟我分享。我想騎他的車啦。」「那不行，要哥哥同意才可以。你再跟他說一說吧。」媽媽顯然不想介入。

他又回去了，還是不放棄。「哥哥，那我們來比賽好了。看誰的比較快。要是我贏了，你的車就給我騎；要是你贏了，我的車就給你騎吧。這樣好不好？」我聽到這段話，差點沒爆笑出聲。兒子啊，你也太厲害了吧。包贏不包輸！「可是我不喜歡你的車ㄟ。」哥哥還是不肯。於此得出結論：只要你堅持說「不」，「詐騙集團」一點兒辦法也沒有。

幾度碰壁後，他有些無奈，但還是不放棄。似乎為了證明自己的車子真的很厲害。他一下子衝一下子轉，不停賣弄，還不斷跟哥哥談判協商。一回生兩回熟，也可能真的打動哥哥，也可能哥哥看他可憐，總而言之，遠遠就看到兩人換車了。滿臉笑嘻嘻的他，上了腳踏車，一溜煙飛快騎走，留下人高腿長的哥哥在那裡擺不平嚕嚕車。媽媽只好走過去收拾殘局，教哥哥怎麼嚕怎麼騎……。——此刻，我也總算明白蘇東坡那句「但願生兒愚且魯」的深意了。笨一點，真的可以省掉很多麻煩哪。

動物園

「我其實不喜歡動物園。動物都被關著，很可憐！」（當然，你可以說，我這是誘導性發言。犯規。）

「我也不喜歡。那個大貓熊都不能去他朋友的家。」（其實團團可以去找圓圓的啦，孩子。）

「那些自己一隻的，更可憐，你看大野狼跑來跑去，只有那一點點地方。」

「那我們下次要叫管理員把他們放出來，讓他們可以跑來跑去，大家一起玩。」（孩子，對了，我要的答案就是這個。一點就通，你真棒！）

「可是，他們有的會咬人。怎麼辦爸爸？」

「……」

「怎麼辦啊爸爸？有的會咬人，把人咬死了，怎麼辦啊爸爸？」（靠夭，怎麼冒出這個了？怎麼辦啊爸爸？？）

「嗯……可是動物就不該跟人住，應該可以把他們送回山上或大草原吧。」（這個答案有點掰，希望他會滿意住口。）

「可是他們還是會咬人啊，像獅子老虎啊，怎麼辦啊爸爸？」（果然被發現了，緊咬重點不放了!!）

「嗯…這個……可是你覺得關起來不咬人好呢，還是跑來跑去會咬人好呢？其實人不要去惹老虎獅子，他們也不會咬人。你看你晚上餵大狗吃東西，他也沒咬你。對不對？」（真高興晚上去倒垃圾時，垃圾車阿北讓他餵一隻黃金獵犬吃土司。）

「對啊，它都很乖，不咬我，只有舔我。」（OK，被轉移了。只要你回答後面，前面答案如何就不重要了，反正你將來總會懂。我找到下台階要緊。）

「所以我們給老虎獅子一個很大很大的地方，讓他們自己住，我們不要去吵他們。他們就不會咬人，也咬不到人了。那就好了對不對？」

「對啊。那我們下次就叫管理員把他們放出來，給他們很大很大的地方住吧。爸爸你好厲害！」（我還厲害咧我，有你這種兒子誰還厲害得起來？）

「還好啦。我其實不喜歡動物園，我比較喜歡植物園。」（尤其今晚之後，我更不喜歡動物園了。孩子。）

「那我們來聊植物園吧。爸爸，什麼是植物園啊？」

「那是有很多樹的地方……」

如此這般，我們從動物園又聊到植物園，足足聊了兩個鐘頭，他才甘心睡去。這是個分隔之夜，我想，我慘了，根據經驗，以後每晚八成要聊兩個鐘頭才行了。天啊，我那找得出那麼多事好聊啊？——幾個鐘頭前發生的事，我會睡不著又爬起來，肯定為了此後常要聽到的這句話：「爸爸，我們來聊天吧！」

燈泡樹

「那我們來聊植物園吧。爸爸，什麼是植物園啊？」

「那是有很多樹的地方……」

「有什麼樹啊？」

「剝皮樹椰子樹茄苳樹樟樹榕樹楓香樹菩提樹，我們每天看到的都有啊。」

（恁北一口氣從民權東路講到撫遠街，夠多了吧。）

「那還有什麼樹啊？」（還要？好吧，這個我知道的可多啦。）

「木棉樹台灣欒樹黑板樹火焰木鳳凰木櫻木槭樹紫荊扶桑杜鵑加羅魚木玉蘭樹，都有啊。」

「爸爸，你好厲害喔。那還有什麼樹？」（還有什麼樹？恁北快沒了。喔，對了！）

「香蕉樹芭樂樹木瓜樹橘子樹柚子樹蓮霧樹櫻桃樹梨子樹桃子樹蘋果樹

啊。很多吧！」

「爸爸，那是水果啦。水果不是樹。你知道嗎爸爸？」（靠，又被打槍了。）

「水果是果實啦，是樹上長出來的。樹先開花，然後結果。果實就是我們吃的那個。你不是看過木瓜樹上的木瓜嗎？」（恁北有經驗有準備了，你再問再問吧。挖哈哈哈～）

「對阿。那，那還有什麼樹？」（我講了半天，就扺你「對阿」兩個字？阿又繞回來了。好吧，使出必殺絕招！）

「有一種樹叫小寶樹？」

「那是什麼樹阿爸爸？」

「那是一種很特別的樹，很高，春天的時候會開花，夏天會結果，像個桃子，秋天摘下來，放到棉被裡，他就會越來越大，等到冬天，你把大桃子切開，裡面就會跑出一個小寶出來了。」（瞎掰不用打草稿，讓你當棉被桃太郎去！爸爸你好厲害喔。科科科～）

「那我們就有兩個小寶了。爸爸，我們就有兩個小寶了耶！」

「是啊，有兩個小寶，爸爸就會很累，你是大小寶，所以要乖一點。爸爸才不會太累！」（順便教育你一下。恁北很累哩。）

「喔，那我們也可以有爸爸樹阿。他也會開花，也有水果。我們把他放棉被裡，他就會越來越大，打開來就有一個爸爸跑出來。那他就可以照顧那個小寶了阿。」（嗯嗯嗯……三條斜線即刻出現，靠夭，又垮了。）

「……」

「爸爸，那可不可以有爸爸樹啦。那我們家就有兩個爸爸了。你才不會那麼累啦爸爸。」（挖哩咧，又不是複製人，要那麼多爸爸幹什麼？放床下阿？）

「嗯，那先不要啦。我們暫時有一個小寶一個爸爸就好了。」

「那還有什麼樹呢爸爸？」（還有什麼樹？恁北差點被篡位，不敢有啦。）

「小寶，快十點了。我們睡覺吧。爸爸累了，要休息，這樣才不會老阿。」

（使出哀兵政策，您就饒了我，睡吧，孩子。）

「喔，……那……」

「別說話了。快睡！」

（他翻來覆去，大概也累了。可怕的對話終於結束了。阿娘喂～）

「爸爸，你知道嗎？還有一種燈泡樹喔～」（耳邊又傳來陣陣兒子的聲音～不，我不能生氣，我要有耐性，孩子需要對話！）

「那是什麼樹啊？」（就算出聲回應也不能改變敷衍的事實哪）

「就是一棵樹啊，樹上有很多很多燈泡。那就是燈。泡。樹！」

「那會不會亮啊？」（好吧，主客易位，換恁北來質詢你！）

「會阿，他下面有一個開關，一打開就亮晶晶，比聖誕樹還要亮！」（這也得意洋洋？哼！）

「那他長在哪裡？植物園嗎？還是天上啊？」

「都不是。他長在極樂世界，亮晶晶的啊。」（天啊，孩子，我們幫阿嬤念經，你真的懂？我不相信！怎麼可能？好，打起精神，跟你拼了！）

「那是阿嬤種的。對不對？」

「對阿，阿嬤種了一棵燈泡樹，就不怕晚上老鼠來了。」（極樂世界還有白天晚上老鼠？）

「那燈泡樹是種在阿嬤的新家嗎？」（我真的有點好奇了。）

「不是不是，是外面啦！」

「外面怎麼照得到家裡？」

「因為他有很多很多燈泡很亮阿，像我們家的路燈，也照得到我們家啊。」

（喔喔，你說得對！）

「那為什麼要種在外面？」

「因為……爸爸很累了，越來越老，越來越大隻，有一天就會死掉，那你也去找阿嬤，看到燈泡樹就知道是阿嬤家了。……」（怎麼講到這個了？他聲音有點變了，每次一講到爸爸有天會死，他就難過了。）

「……喔，喔，好啦，不要難過，爸爸知道了，爸爸會變小隻一點，不要那麼早去找阿嬤，我們一起去植物園玩啦。……」

昨晚父子對話到最後，其實是有一點感傷的。我會睡不著又爬了起來，真正為的是那棵燈泡樹。——孩子，世間無常，國土危脆，但無論如何，我都會努力陪你更多一些的！

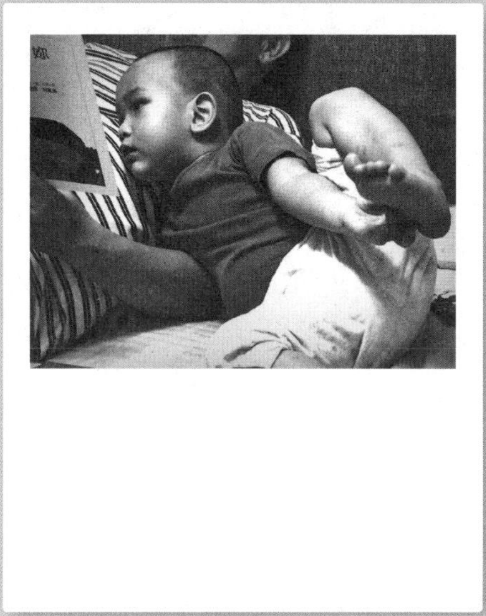

改生日

「爸爸，我想買 TOMICA HYPER POLICE。」（我知道。）

「那是生日禮物，講好的。」

「可是我真的很想要阿～」（什麼你不想要？）

「想要也得等生日。」

「可是生日太久了啦。」

「一個月而已，馬上就到了。」（堵你！）

「一個月太久了啦，我來不及了。」

「那我也沒辦法阿，一年一次。你忍耐一下吧。」（再堵你！）

「可是我真的忍不住了啦。有沒有什麼好辦法阿爸爸？」

「忍不住也得忍啊。生日就是這樣。」（連三堵，挖哈哈哈～）

「喔……」（這麼快結束啦？不可能！）

「那我要改生日，把它改成四月一日啦爸爸，這樣比較快。」（新招來了！）

「哪有改生日的，笑死人了！」

「不會啦爸爸，我要改生日啦，我可不可以改生日阿爸爸？」

「……。去問媽媽，這事她才能決定！」（還是讓原始註冊人負責吧。）

第二天

第二天，他有些困惑了。

幾分鐘之前，他剛剛發飆過。站在教室中央，手指老師，大聲吼叫：「我才不要吃早餐呢。我在家都吃過了。我家早餐比你們的好吃。我才不吃你們的咧。哼，你們的早餐好爛！」

老師見怪不怪，隨他咆哮。看到我聞聲尋進門，輕聲對我說：「他昨天也這樣，好大聲！」我看著邊走邊笑「把自己當校長」了的他?!。「爸爸，你不要笑。他會分不清對錯。」老師急忙提醒我。

我於是旁觀著，視若無睹。大約因無人理會，最終他也只好坐回椅子上了。

我走過去，輕聲拍拍他，把他帶到教室外面，凝望著我的眼睛，他嘟起嘴巴，哭了。

「爸爸，我不要在這裡，我想回家。」

「不行阿，家裡沒人，爸爸得去上班，媽媽也有課咧。」

「那你早一點來接我好不好？我不要在這裡，我想早點回家。」

「這裡很多同學，你可以交到很多好朋友啊。」

「我不要！」

「這樣吧。今天星期五，那我五點來接你好了。」

「不要，四點，四點就放學了，我就要跟老師說再見！」

「四點可能來不及，我儘量吧，最晚五點。好嗎？」

「喔，那好吧。你要早點來。」

「好。打勾勾！」

（呼～解決了一件，換一件吧。）

「那我問你，剛剛你在教室對著老師大叫，這樣好嗎？」

「……不好。」

「你不吃早餐，跟老師說在家吃過了就好了。怎麼可以指著老師大叫呢？爸爸有沒有說過不可以用手指頭指人？」

「……有。」

「為什麼？」

「……沒禮貌。」

「而且，你沒看到早餐就說不吃，萬一有你喜歡吃的呢？你看，好像有蘋果西打跟孔雀餅乾哩。」我指著隔壁班的餐車。

「我才不想吃咧。」他心虛地弱聲堅持。

「試試看再說吧。你話都說出去了，這下子有點麻煩啦。這樣好了，我帶你去跟老師道歉。你跟老師說：『老師，對不起，我剛才不應該那樣講。』大概就沒事了。你看如何？」

「嗯……可是，好吧。」

「說一次給我聽。」

「老師，對不起，我剛才不應該那樣講。」

「好，走吧！」

上幼兒園第二天，他有點怕，出了一點狀況，幸好不嚴重。既沒有在地上打滾，也沒抱著我的大腿不放，更沒歇斯底里震天哭喊：「我不要！我不要！我要回家！我要我的媽媽啦，媽媽啊媽媽～」今早親歷這些慘烈場面，讓我深感自己真算幸運的了。

透過窗戶，孩子，我看到了你的困惑。都是這樣的，第一次進入社會體制，總有些不適應，會反抗那是對的，你若什麼都不說，任憑宰制，我倒害怕了。學會跟體制相處，這是「社會化」；不肯隨人處置，那叫「反抗」，都很重要，都得學習。昨天起，你踏入學校了，此後十多年時間，你都得在裡面摸索、追尋、探求。祝你一切順利，也盼望你一切順利，但不順利了也無妨，孩子，雖然會辛苦些，世界總在那裡，地球總在轉，陽光照射從不區分體制內外。

世界等著你

八月底，送你進幼稚園。第一天，你便手指老師亂發飆。接下來，又跟老師吵了幾次架。兩週後，老師特別要我注意你的情緒，認為太激烈了，或有障礙。

孩子，我知道你沒問題，只是不習慣、不適應。在家裡，我跟媽媽總跟你說理，總疼惜你，隨時有一人陪著你玩。家族、朋友團聚，也都以你為中心，目光隨著你團團轉。但，這是不正常的。總有一天，你也得踏出家門，走進社會，面對事實：自己也僅是一個普通人而已。然後與大家平等相處，輪流成為焦點、中心，如果你夠努力的話，螞蟻也有十分鐘的轟轟烈烈啊。

我們是人。人是群居性動物，跟蜜蜂、螞蟻一樣。大家組成了一個社會，為了避免衝突，就得分工，就得有一些規矩。譬如你去上學，媽媽去教書，我在家裡寫稿；譬如東西不能亂丟，走路要靠右……。這些事情都得學習，爸爸媽媽會教你一些，但最主要的還是靠學校。學校會教你規矩、傳授你知識，讓你學會跟人相處，瞭解這個世界大概是怎麼回事？我們是誰？可能往哪裡去？

教導你的是「老師」，老師很辛苦，尤其在我們這個國家。以你們企鵝班為例，兩個老師要帶二十八個小朋友，人人都有意見，大家都是寶貝，所以，老師得公平對待，或者說，僅能以最大公約數處理，也就是所謂的「規矩」。所以，在學校裡，前門進後門出，上廁所手牽手一起去，講話要先舉手，腳踏車輪流坐，甚至吃完點心還得自己收拾碗筷湯匙……。這些，剛開始你都不會習慣的，孩子，我知道。尤其，老師沒辦法只照顧你一個人，目光不會隨著你轉動，讓你成為眾所矚目的焦點。這件事，你肯定感覺失落，一時很難適應。

當然，儘管你向來不怕生，從照顧三個小孩的保姆之家，轉到一個班級二十八人，一個學校兩百多人的場所。人那麼多，要學、要適應的也那麼多，爸爸媽媽又不在身邊，你肯定還是會有些害怕。害怕放學了，大家都被接走了，剩下你一人怎麼辦？爸爸媽媽會來嗎？不來的話……。你都會想的，我知道。所以，每天早上分手時，你總要我抱抱，告訴我：「你要早點來接我，一定要來喔～」孩子，你放心，這個我拍胸脯答應，就算是天塌下來，我也不讓你孤單被遺棄。《帶子狼》的故事，大五郎數著雨滴，痴痴等待父親拜一刀歸來的畫面，絕不可能發生在我們身上。

所以，勇敢走出去吧。孩子！這是第一步，世界正在等著你。進入學校，進入這個社會，你會看到更多，學到更多。你會交到許多好朋友，也會跟人吵架打鬥，你會爬更高、走更遠，你會不適應、不習慣，會笑得更大聲，也許哭得更難過。但，這就是人間，這就是人生。我祈禱你有足夠的勇氣去接受，也能保有足夠的純真，日日月月年年走過。

毛澤東這人，寡情嗜殺，我不喜歡，甚至厭惡。卻對他的詩詞、語錄很有興趣，總覺得一針見血，道出了許多真實，譬如一九五七年他所說的這句：

世界是你們的！也是我們的，但是歸根結柢是你們的！

看著你一天天長大。我的看法大致如是：世界在就在那裡等著你，走出去，擁抱它，就是你的，就從我們手中奪下了！

有點弱

「所以，這幼稚園還行嗎？」

「嗯，還是有點弱。」

「怎麼說？」

「……有的老師太凶了。我不喜歡。」

「怎麼凶？」

「就是不喜歡笑阿，還要我這樣那樣。我才不要咧。」

「那是學校，學校跟家裡不一樣。你們班有幾個人？」

「二十八個。」幾個老師？「兩個。」

「那邊人多？」

「當然是同學阿。」

「所以不稍稍凶一點。行嗎？」

「可是……可是也可以不要嘛。」

「你們乖一點，老師就不會凶了。你不要跟老師吵架，老師自然會笑了。」

「喔。」

第三週，跟老師吵過幾次架後，似乎漸漸能適應了，除了星期一。老師跟爸爸媽媽不一樣，學校不是家裡，兩邊各有一套。他總算有些明白了。穿上圍兜兜，竟然也有模有樣，沒想到之時，咻~一下就這麼大了。

躲避球

跟他到公園遊戲場玩。他有副好性格，像媽媽，不怕生，看到人就靠過去，理所當然邀請：「我們一起玩吧！」

有群人在丟球，有大人有小孩，像是一家子。他跑過去，仰著頭講了什麼。人家不太搭理，可他還是笑嘻嘻地跟著人前人後追球亂跑。沒多久，大家停下，像在討論要玩什麼，他似乎也被接受了，果然皇天不負苦心兒！然後，陣式擺開，球一丟出，他像觸了電一般，騎著嚕嚕車，衝回我身邊，拼命擠躲。

「怎麼了？被罵了啊？」

「不是啦，我在玩躲避球啦。」

「玩躲避球，你怎麼不過去？」

「不是啦，爸爸，我在玩躲避球啦。」

「玩躲避球？阿你不過去怎麼玩？」

「不是啦，爸爸，躲避球就是要躲啦，像躲貓貓一樣，等一下球會來找你，被抓到的要當鬼。你知道嗎爸爸？」他一本正經地跟我說，繼續往我身邊躲，怕被球看到了。

他那自得其樂模樣，簡直樂壞我了。孩子，你放心，爸爸很大隻，球看不到你，它永遠不會找到你。像你這樣玩躲避球的，不多了，真的不多了。你知道嗎孩子？

打電話

他跟爸爸出去，看到藍色公共電話。淘氣地捅著退幣孔，回頭看爸爸。

「我們來打電話吧爸爸。」

「打給誰啊？」

「打給……」他一時想不起來。

「打給誰呢？呵呵～」

「打給阿嬤好了。我很想她。」

「喔，阿嬤在很遠的地方。這個電話打不到。」

「多遠啊？天上嗎？」他抬頭看天空。

「比天上還遠。」

「那是太空。阿嬤在外太空了。」

「比外太空還遠！」爸爸笑著說。

「那就是極樂世界啦。我的阿嬤在極樂世界！那我們怎麼打電話給阿嬤啊？」

「晚上再說吧。」爸爸也抬頭看天。一片雲飄過來。有點感傷。

「爸爸，我們來打電話給阿嬤吧！」睡覺前，他又說。

「嗯，好吧。那你靠過來。這是特別超級能量電話。」說完把左手貼在他額頭，右手在他的「肚臍」連按七下，「1、2、3、4、5、6、7」，他笑得咯咯咯～

「極樂世界很遠，要慢慢接，你睡著了，阿嬤接到電話，就會跟你說話了。」

「真的嗎？阿嬤真的會跟我說話?!」

「對啊。接到了一定會來。若沒來，就是沒接到，可能去遊覽不在家了。」

「喔，希望阿嬤會接到。」他期待地說。

「阿嬤有沒有接電話？」隔天早上，爸爸問。

「沒有。都沒有ㄟ。」睡眼惺忪的他有點失望。

「極樂世界人很多，要排隊接。晚上再打一次吧。」爸爸也有點失望。

「可不可以打手機啊？打手機阿嬤就不用等了啊爸爸！」

爸爸看著興奮得彷彿發現了新大陸的他，苦笑了笑。阿嬤離開，竟也快一年。窗外梔子花又開一回了。

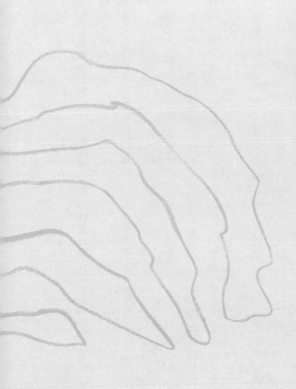

派出所

長春路上，一間派出所隱藏在民宅大廈裡，警察進進出出，門口停了多輛巡邏摩托車。他放學天天走過騎樓。

「爸爸，警察局，有警察！」

「喔，這叫派出所，比警察局小一點。」

「……烏龍派出所嗎？」

「嗯，就是那種派出所。」

「那有沒有阿兩啊？」

「可能有吧。」

對話結束後，只要路過派出所，他便對著大門高聲大喊：「烏龍派出所！」路人聽到莫不掩口直笑。有時碰到自動門開，值勤警察聽到，有的跟著笑，有的一臉尷尬。有次喊完，他還想衝進去。我急忙拉住：

「你要幹嘛？」

「我去找阿兩啊。」

「沒有啦，這裡沒阿兩？」

「可是你說可能有ㄟ。我要去找他！」

「他調走了啦。」

「喔……」

有點失望地被我拉走，默默走過一個街區。他突然抬頭：

「爸爸，阿兩不是調走了啦。」

「那他去哪裡？」

「應該是出去玩噹噹電車吧。他最喜歡玩噹噹電車了。明天可能就會回來了喔。」

「那也可能吧。」

過了一天，路過派出所，他照喊，台詞換成：

「ㄟ～烏龍派出所，阿兩回來了沒？帶我去玩噹噹電車啊。」

我照糗，路人照笑，警察照樣一臉尷尬，或，跟著笑了。

春聯

「爸爸，我跟你講喔。貼春聯啊，一定要有春跟福！」

「誰說的？」

「老師說的。」

「你怎麼只描春，不描福？」

「什麼是描啊？」

「老師用鉛筆寫好字。你拿毛筆照著畫就叫描。」

「喔，福太難了啦。老師沒給我描。」

「春描得不錯。今年貼這個。」

「可是你要再去買一個福。貼春聯啊，一定要有春跟福！」

「瞭解了。」

所以，大春阿北，你還得多給我們家一個「福」。

「春」已經到了。

當菩薩

最近，他迷上了千手千眼觀世音菩薩。

「沒有千眼啊？」

「有啦，每一隻手掌裡都有一隻眼睛。」

「長在那裡做什麼啊？」

「像雷達。一千隻眼睛一直轉一直轉。看到有人求救就趕快伸手去救難。」

「還有武器咧。那有沒有槍？」

「那叫法器，比武器還強！」

「那有沒有槍？」

「不必槍。菩薩從眼睛射出白光。壞人的槍就軟掉，刀也斷掉了。」

「哇塞，好強喔。」

仔細看著圖，想了一會兒。

「爸爸，那千手千眼觀世音菩薩比海賊戰隊強嗎？」
「當然，他最強了！」
「喔，那我以後當千手千眼觀世音菩薩好了。」
「去救人啊？很好。加油！」
又過了一會兒。
「爸爸，那我以後不要當兵了。」
「為什麼？」
「當兵要殺生。我要當菩薩啊。我們菩薩是不殺生的。」
我心裡微微一震。孩子，你有慧根。好好跟菩薩玩，將來就當菩薩吧，那是大福報！

「趴新咧Q嚇、嗨趴嘎狄阿、嗨趴瑞斯Q、嗨趴布魯波力士……」

「小聲點，這裡是公共場所哪～」

帶你去動物園。中午了，沒什麼可以吃，那只好「麥當勞」了。一個月一次的薯條配額，你決定今天就用掉。「月初吃過了吧？」我不無懷疑地問。雖然自小努力灌輸你「萬惡麥當勞」印象，可依你熱愛薯條的程度，似乎不可能到了月底都沒吃過。「嗯～應該沒有吧。看電影是吃爆米花啦。」你說。我努力回想，記得的最近一次，至少也好幾個星期前了。「好，你說了算，那就吃吧。」

萬惡麥當勞！」

排隊等點餐。人很多，移動慢，很有些無聊。你又來了！「趴新咧Q嚇，嗨趴嘎狄阿，嗨趴瑞斯Q，嗨趴布魯波力士……」配合手勢，大聲高喊，還越喊越High，一整排大人小孩都納悶注視著你，更有人笑了。「小聲點，這裡是公共場所哪～」聽我勸，你聲量小了，可最後還不無得意地來上一句：「哼，我還會說日本話咧～」

孩子，你說的是什麼話？老實說，我也搞不太清楚，只知道這一大串裡面有 hyper guardian、hyper rescue、hyper blue police 幾個詞彙，這些都是日產 TOMICA 小汽車的系列組合，你常上網看他們的廣告片，看久了，記憶力超強的你，學得一口日本外來語，emergence 都成了「伊嘛傍西」。回到三重老家，拉著留學日本的大姑姑居然也敢說：「來，我們來說日本話吧！」

看到你自得其樂且大方地接觸外語，我這個一輩子學外語不成氣候的父親，心裡還真有些歡喜。這種歡喜，絕非想跟誰炫耀「看哪，我的兒子多厲害！」，而是欣然於你體內所迸發，對於陌生語言的好奇與興趣，且自然地與它玩在一起。

很久很久以前，我估計我也曾有過跟你相類似的好奇，可在那個資訊缺乏的年代，接觸外語，尤其第一外語，基本上是不自然的，必須透過「教育學習」而來，且往往還沒學之前，就被「這是主科，聯考佔一百分喔。」給搞得「很偉大」，當然也就「不容易」了。「還沒開始就被嚇壞了」，我們這一輩外語好的不算少，可差的更多。以英語而言，從國中到高中，至少學了六年，可能說、敢說的有幾個？外語想好，總要另外補習、要經過一番寒澈骨，才能成事。當然，任何學習都必須付出時間代價，可這一代人所付出，也未免太多了吧。

所以，保存你的好奇與興趣，繼續胡說八道下去吧。孩子。關於外語，我會努力護持你，希望你能很自然、很快樂地去學習，日後在學校教育與自我探索之間，保持一種平衡，甚至最好是互補互成，雖然我很懷疑這種可能。無論如何，外語是通往世界的窗口，多學會一種，你便多開了一扇窗子，可以獲得更多的光亮，看到更寬廣、更遙遠的世界。當然，你也可以說，這是一種無形的hyper guardian！

兒啊，繼續吧，繼續胡說八道，講久了就是你的。就像我年輕時認識的一個朋友，只因為對金頭髮、高鼻深目感興趣，拼命想接近，一路追下去，最後竟學得一口流利外語，還見識了更寬廣的天地一樣。

蝸牛冬眠

家裡不養貓狗，住公寓怕吵到人，兼且於毛髮或有過敏者，遂不敢也不能養。

什麼都不養，他也寂寞。一兩年前吧。某天在路上，眼尖的他發現一隻真的、活的、會爬的小蝸牛，大感興趣，駐足觀察許久。「那就帶回去養吧！」我說，他眼睛發亮了。

兩年來，人、牛一起長大，卻也沒好到「兄弟般親密」地步。偶而想到了，他便端張椅子，靠到鐵窗花盆裡找「我們那隻蝸牛」，看看弄弄，澆點水。

這個冬天，蝸牛不見蹤影，他找了幾次沒找著，有點失意地說：「大概蝸牛也會冬眠吧。他去睡覺了。」「蝸牛又不是熊，哪會冬眠？」「會啦。我們這隻是非洲大蝸牛，太冷了就要冬眠啦。」我笑了笑，摸摸他頭。

前個星期，修剪花木，蝸牛又出現了。急忙告知，他高興地跟媽媽討菜葉餵食，饒有興致看了半天，彷彿失散兄弟團圓重聚。然後，回過頭對我說：「爸爸，他真的是去冬眠啦。春天到了，就醒了。」一張臉笑得燦爛如春花。

滑草

建國北路、長春路交叉口有個小公園。前端種了幾畦向日葵，後方是一塊小空地環有一圈小土丘，上即樹林。說來頗不俗，至少沒制式長椅或俗艷的塑膠兒童遊樂器具等等。

黃昏接他放學後，兩人常在此歇息，吃麵包喝水聊天鬼扯，有氣力了，便一路走回家去。

今日天轉晴。他興沖沖要我帶他去公園。

「爸爸，那裡可以溜滑梯。你知道嗎？」

「沒有啊。那裡哪有溜滑梯？」

「有啦。可以溜滑梯。你去了就知道。」

「真的嗎？有新溜滑梯了嗎？」

「不是啦。是我同學說的。就是草那邊啦。你去了就知道啦。」

到了之後，他一溜煙從植有草坪的小土丘上滑了下來。我一看大樂，這不是我少時常在河堤邊玩的嗎？急忙從背包找出一個牛皮紙袋，教他如何玩才更強。他很快抓到訣竅，滑得不亦樂乎。可惜土丘太矮，要不，老夫聊發少年狂，也跟著一起混啦。

「多年以後，他面對黃昏的公園，想起了他帶他爹去滑草的那個遙遠的下午。」回家途中，突然想出這樣一句話。也許吧？不，希望就是！

彩繪店

往建國花市途中，大手牽小手閒聊。

「爸爸，我將來要開一家店！」

「好啊，開什麼店？」

「彩繪店。」他最近很迷遠流那套『火金姑繪本』。

「那很不簡單咧。」

「對啊，裡面還有雕刻神像。你雕刻，我彩繪。帥吧？」

「這個我行嗎？」

「可以啊。這樣我們兩個都有工作做。所以爸爸，你跟我都不能死喔。」

哇咧，怎麼轉到這裡了？

「我要跟你一起工作啊。死了就不能一起工作了。」

「喔，是是，瞭解瞭解，我努力就是了。」

兒子都這樣要求了。說什麼也得努力活下去啊！
至於雕刻神像，嗯……隨緣吧。搞不好誰曉得，活著就有可能。對不對？

雷神

「你畫的是？」

「雷神啊。打雷那個雷神，能量很～強，很～強！」

「怎麼四隻手？」

「不是啦。那是翅膀。要飛啊，飛很高才打雷！」

「這個咧？」

「槌子。雷槌。ㄉㄨㄚ～ㄉㄨㄚ～，很厲害吧！？」

「這枝咧？雨傘？打完雷就要下雨了？」

「那是他的武器。你真笨！」

「那他的嘴巴張那麼大幹嘛？」

「因為很用力，很用力就會這樣，很憤怒你知道嗎？」

（「憤怒」，他居然會用這詞了。漢聲『中國童話故事』CD果然不是蓋的！）

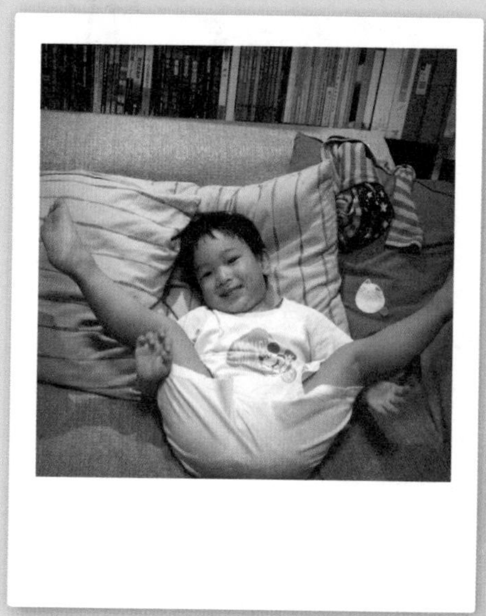

「爸爸，這個雷神很強很可怕吧?!」
「嗯，很強很可怕！」

大班

他讀大班了。去年進幼稚園上中班，念及他還小，幾乎天天以計程車接送，車費雖不多，習慣卻讓他常有「我累了走不動，我們坐計程車吧。」的意見。

今年春天起，我三不五時便碎碎唸：

「九月開學，你大班了，就要改搭公車，除非下雨，才可以搭計程車。」

「為什麼？」

「我們家都是這樣的。小孩子搭公車、走路就好了。又不遠。」

「那如果很遠呢？」

「爸爸會視狀況決定。」

「什麼叫視狀況？」

「就是看天氣怎麼樣、時間怎麼樣、你怎麼樣啦。」

「所以有時也可以搭計程車嗎？」

「不是說下雨就可以搭。」

「一點點雨也可以嗎？」

「喔，那就讓你決定。你視狀況好了。想搭就搭，不搭也行。」

「所以我也可以視狀況喔。」

「對啊。」

「那我一定要搭計程車。比較好。」

「你當然好，我付錢的咧。」

四月以後，放學了，我若有時間，便早些接他，兩人一路走回家，他若說「累」，就搭計程車，順便把「大班公告」貼一次：「你要多練習啊，以後要走不少路哩。」「喔，好啦。」

今年開學，說到做到，天天起早帶他搭公車，原本有點擔心的反彈，竟都沒出現，只除了一次：

「我真希望今天可以下雨。」

「為什麼？」

「這樣就可以坐計程車了啊。」

「你累了嗎？」

「是啊，我昨天晚上做夢好累喔。」

「那你需要保力達蠻牛，不是計程車。」

「爸爸，你也太搞笑了吧。」

看來他頗有自知肯認命。下午放學，邀他走路回家，多半也欣然同意，兩人大手牽小手邊走邊聊看這看那，時光親密。

「我覺得你真的長大了。」

「為什麼？」

「以前我們回家要走很久，現在一下子就到了。」

「對啊，我也覺得我變強了。我。是。大。班。鼕鼕鼕鼕。」（猩猩搥胸狀）

「欸，你也太搞笑了吧。」

夜裡，想起了一事：他長大一歲要換交通工具，我也長大一歲也該換，那以後上下班，就以 U-Bike 代步，讓自己也變強吧！

今天很行

然後，我們又去了淡水。撈魚、射BB槍、打彈珠、吃霜淇淋香腸，最後到了「有河Book」。我看書買書，他跟隱匿聊貓摸貓，問個不停。上回來，還有點怯，這次全然大方以對。沿著河岸走到渡船頭，本想搭船過河或乾脆溯回大稻埕，看到長長的排隊人龍，兩人都說不要了。於是買了一包魚丸，提著兩袋四條撈來的魚，我們搭捷運回家。

「今天這樣還行吧？」

「很行！」

「最好玩的是？」

「BB槍。太強了！」

「第二名？」

「撈魚。還潛水撈法咧。」

「第三名？」

「其它全部都是第三名啦。」

「下次再來？」

「對，我最喜歡基隆了。」

「基隆？這裡是淡水！」

「喔，對，是淡水啦，我最喜歡淡水了。」

——你最喜歡淡水，喜歡到偷笑。大家都看到了。

移走地震

昨晚很累。八點鐘一家三口都將躺平。

他正準備聽「戚家軍大破海盜」，漢聲中國童話。

然後，搖晃了。

「爸爸。地震！」媽媽說。

「喔，很大，要小心。」

三個人都起身了。他動作最快：

「爸爸，沒關係，不要慌。我有辦法……」

我跟媽媽正忙著打電話南北探平安也報平安。

「爸爸……爸爸……我……」

「喔，喔，好，你說吧。」

「我告訴你呀，我們可以這樣，用咒語把地震移走就好了啊……」「就這

樣啊，嗡嘛呢叭咪吽嗡嘛呢叭咪吽……」

他閉上眼睛，雙手緊握成手印，指著地下，唸起了六字真言。

「你看，爸爸，這樣就好了……。」

「嗯嗯，喔，好……好……」我平常會不會扯太多？他會不會信太多了啊？？

十多分鐘之後，戚家軍大破海盜結束。他睡著了。

黑暗中，一室無語，僅有微微的鼾聲起伏。

「幸好移走了，」我鬆了一口氣：「所有台灣人都該感謝你啊，兒子。」

粉紅色男孩

將出遠門。一家三口去租行李箱，你一眼相中了一口。塑料材質我沒意見，螢光粉紅這顏色真太鮮豔，都已接近桃紅色了。年過半百的歐吉桑拖著這麼一口箱子，穿行車站、機場，有點怪哪。

「爸爸，你一定要租這個。這個太好看了！」你仰著頭堅決地說。

「那是你吧。我太老了，不適合。」

「可是，年紀大也可以用粉紅色，男生也沒關係啊。」

一句話，讓我想起了一些往事。你從小喜愛粉紅色，只要有選擇，總希望什麼都是粉紅的。我的錶帶、手機，沒粉紅色可選，你也要指定暗紅色跟桃紅色。看來你會是個 Pink-Boy，至不濟也是紅孩兒了。

明明是男孩卻喜歡粉紅。在約定俗成的社會裡，總是有些怪。看到你喜孜孜穿上粉紅色外套，總讓我想起少年時說什麼也不肯用粉紅色鉛筆，「那是女生用的！」以及稍稍做出女性化動作，便要被我的父親／你的阿公出聲責備：「毋形晒灶前！」或因已被制約，我初始不免有些擔心。幾番思索過後，卻也逐漸釋懷了：顏色不過顏色，粉紅就粉紅。本來無一物，何處惹塵埃？

關於性別的事，我們家向來開放。我跟媽媽結婚時，外表一男一女的儐相，其實都是「女」的。小傑叔叔是媽媽的姊妹淘，婚禮過程，補妝換衣打扮，他真是盡忠職守，發揮得淋漓盡致。而這，也正是為何去年秋天，當你還小小年紀時，我便要帶你去參加「台北同志大遊行」的原因：

孩子。所以在你還沒被這個社會將它固有的主流性別意識灌輸到你腦子裡之前，先帶你來參加這遊行，不外乎想讓你知道，我們所存在的這個世界，雖然僅有「男生」、「女生」這兩種性別，但「愛」的選擇卻可以有很多種，男生愛女生，這是常見的；男生愛男生，女生愛女生，雖然比較少見，卻也是正常的，應該被允許的。並且他們／她們之間的愛，也絕不比其他人——譬如爸爸跟媽媽——之間的更少一些。

孩子，你現在還小，將來要愛誰？也都還不曉得。但至少，我們可以先當「同志」的同志，支持真心相愛的人共同生活，努力去愛。無論是男生愛男生，女生愛女生，或男生愛女生。——「我們先是人，然後才分男生或女生。」孩子，我真心希望你能記住這句話。

遊行歸來後，我特別為你寫了這兩段話。當然，從粉紅色直接聯想到「同志」，也未免太僵硬、想太多了。但天下父母心都是這樣，只會想太多，不會想太少。

最後，我笑了笑，接受你的建議，拖著一口粉紅色行李箱去了中國。京滬機場、高鐵車站裡，果然引來不少人側目以待。他們心裡或認定碰到「怪叔叔」了，我則時時記得媽媽問你，若有人笑你喜愛粉紅色怎麼辦時，你的回答：

那我就告訴他們，男生女生都可以喜歡粉紅色。你們落伍了。你們是古代人！

他們若笑我，我也準備這樣回答。孩子，謝謝你讓我更寬廣自在了。

Merci

連夢

「睡過來一點！」

「……」

「睡在獅子王旁邊，你才會變成小白獅王。」

「……」

「你在想什麼？」

「爸爸，我要跟你連夢。」

「什麼連夢？」

「就是把夢連在一起啊。」

「怎麼連？」

「你來我的夢我去你的夢。這樣我們就可以一起對付大恐龍了。」

「那要講好，不要我去你那邊，你來我這邊，那就白跑了。」

「不會啦。爸爸，那你能連嗎？你要連阿。」

「……嗯欸喔，這個……這個我……也會，爸爸什麼都行！頭靠過來。」

（右手放他天靈蓋，左手放我後腦勺，口中唸唸有詞：「嗡嘛呢叭咪吽」）

「怎麼樣？感到熱熱的吧，有一股能量跑過來。對不對？」

「對！真的有ㄟ。」

「那就是連到了。『嗡嘛呢叭咪吽』是全世界最強的咒語。肯定連上了。快睡吧！」

半夜裡，被他抖醒，還以為又地震了。黑暗中聽到他呵呵傻笑聲，原來在作夢！——這麼樂!? 想必我與他連夢大成功，制服了恐龍，此刻正騎著到處晃盪吧。

牛是昆蟲

「爸爸，牛應該也是昆蟲才對。」

「怎麼會？牠是哺乳動物。」

「可是牠有六隻腳，六隻腳的是昆蟲啊？」

「牛明明四隻腳，哪來六隻？」

「頭上兩隻，腳上四隻。二加四就是六啊。」

「那是角，不是腳。」

「開開你玩笑嘛～」

（哇哩咧，難道駱家小哥幫你課後輔導了？）

「爸爸，我覺得天上真的有天空之城。」

「喔，可能吧。相信的人應該就會看得到。」

「真的有！那個城堡就是銀河，太陽系就是一個一個房間。這麼簡單，大家都看得到的啊。」

「……」

（嗯～這個有意思，算你厲害！）

食物相剋圖

「老李牛肉麵」在巷子口，偶而也去吃，懶得煮飯時。

此日，他看到了桌上一疊農民曆，大感興趣。

「送你一本吧！」老李邊煮麵邊說。

「謝謝老李哥哥。」從小他就這樣叫，四十好幾的老李教的。

「爸爸，怎麼沒有那個？」

「喔，我看看。」

薄薄一本農民曆，從頭翻到尾。

「沒有。奇怪，這本沒有咧。」

「喔~老李哥哥，你們這本不好！」有點失望了。

「為什麼？」

「沒有那個啊。」

「哪過？」

「那個吃這個不能吃那個會死掉的那個啊？」

「那過素什麼？」老李逗他。

「就素那過你吃了這過阿就不能吃那過吃了就會死掉的那過阿。」他才不怕。

「食物相剋圖啦。」我插話了。

「喔，那過喔，不用看啦，問我就好了。吃螃蟹不能喝綠豆湯……」

「還有~，也不能吃柿子也不能吃冰也不能吃南瓜……」他一口氣唸一堆。

「阿你怎麼都知道!?」老李有點疑惑。

「這樣才不會死掉啊。」他理直氣壯回答。

他的「新愛」。我四五歲時，成天吵著母親講給我聽貼牆上的那張，內容版型圖畫，幾乎沒多大改變，一代傳一代，不知不覺竟也可成為傳家移交品了。

飛彈

「爸爸，日本的對面是哪裡？」

「韓國。」

「美國的對面呢？」

「問這幹嘛？」

「打飛彈阿，我要製造飛彈看看怎麼打？」

「喔，那可以打加拿大。」

「那，耳鼻喉呢？」

「什麼耳鼻喉？哪有這國家？那是診所。」

「不是啦。是你上次說的那個。」

「我哪有說這個？」

「有啦。就是那個我們臺灣最後面那個啦。」

「喔，那是鵝鑾鼻啦，什麼耳鼻喉？亂七八糟！」

「那他的對面呢？」

「菲律賓。」

「那另外一個耳鼻喉呢？最前面那個。」

「那個叫鼻頭角，也不是耳鼻喉，耳鼻喉在你臉上！」

「喔，那他的對面呢？」

「應該是太平洋吧。一直走一直走可能會碰到美國。」

「那離大陸最近的呢？」

「你要打大陸!?」

「對啊，你不是說他們有很多飛彈對準我們臺灣嗎？我也要用『樂高』作飛彈打他們！」

「……」

仇共恨共啦!? 孩子，冤家宜解不宜結，設法讓他們撤除飛彈就好了。這事沒多大意思，你就別打了吧！

揭幕

來，孩子，讀本書吧！

跟你見面的時候，我已經四十八歲，不算年輕的年紀。青春漸逝，世事頗知，也許還不練達、不洞明，但總知道什麼是善的、好的，什麼是惡的、壞的。也因此更能以一種從容的態度來看待你的誕生，並且相信，我能給你一些什麼，一如從你的身上，我能發現很多、學習很多一樣。

吾家素貧，我的父親跟母親，也就是你的祖父母，為了謀生養家，整天在外奔走，所得僅能勉強維持一家七口的生計。也就是說，在我童年裡，幾乎無所謂「買玩具」這件事，所有的玩具，都要自製，要不就是與其他的小孩「互為玩具」，大家一起遊戲。譬如跳橡皮筋、奪寶、過五關、殺刀等這些我估計你這輩子大概很難參與的活動。自然，一代人做一代事，相對於你今日玩著湯瑪士小火車、樂高積木、模型車等，乃至與我或媽媽一起翻滾笑鬧，到底哪一種會更好？我也不曉得。只能說，時節因緣，相差四十八年，就是這樣啦。

我的成長過程，與同時代的人沒什麼兩樣，大概也就是一路讀書長大，並且比別人讀得更久，一直到三十五歲方才待膩了學校，開始工作。我之所以會在學校待那麼久，原因很多，但絕非因為我不喜歡讀書，成了「流浪學生」，相反地，是因為我實在太喜歡讀書了。讀書之於我，到了後來，就像是個人專屬玩具、遊戲，隨時隨地我總能一個人玩得興高采烈，樂此不疲，一如你此時所見到日夜埋首於電腦遊戲的你的表哥一樣。

也因此，我花很多時間，希望能找出一條「輕鬆讀書就能過活」的人生道路。剛開始，我想當一名教授，後來覺悟到當教授讀書不輕鬆，不是我要的。於是到了出版社當編輯，逍遙一陣後，職位升到沒有時間輕鬆讀書的地步，於是轉身到書店，且是舊書店，繼續尋覓。以前有位名叫梁啟超的先生，他講過一段話：「我是個主張趣味主義的人，倘若用化學化分『梁啟超』這件東西，把裡頭所含一種原素名為『趣味』的抽出來，只怕所剩下的僅有個零了。」——你的父親也正是這樣的人，而這趣味，在他的生命中，幾乎就等同「讀書」兩個字了。

所以，孩子，讀本書吧。因為我知道讀書是一件多麼有趣的事，也深信讀書於人的生命大有好處，乃想將這「讀書」當成一個禮物送給你：

愛讀書的人未必有錢多金、未必功業彪炳、未必情場得意、未必家庭幸福人生美滿，然而每當橫逆來襲，挫折迎面之際，他們總比不讀書的人多了一份餘裕的迴旋空間和從容的應對姿態。這樣的人，中國人尊他「無欲乃積壽，有福方讀書」。

這是我很久以前所寫過的一段話，至今深信不疑。孩子，大道多歧，人生實難。將來總不會一帆風順，你一定要碰到某些不如意的事，譬如你所深愛的人離開你了、你所想要的東西要不到、你所厭惡的卻整天在你面前張牙舞爪，甚至你會老去會生病，乃至最後要面對死亡。處身這些困境裡，資訊、知識都能給你一些幫助，智慧更能讓你好過一些。而書本，恰恰就是承載我們這一被稱做「智人」（Homo sapiens）種屬的一切資訊、知識與智慧的載體。有了它，你或者能找出多一點的時間與空間，脫困而出，繼續向前走去。

孩子，跟你見面的時候，我已經四十八歲。我很高興是在這樣的年紀與你相逢，因此我乃有了把握，可以跟你談一些關於書、關於讀的事物。

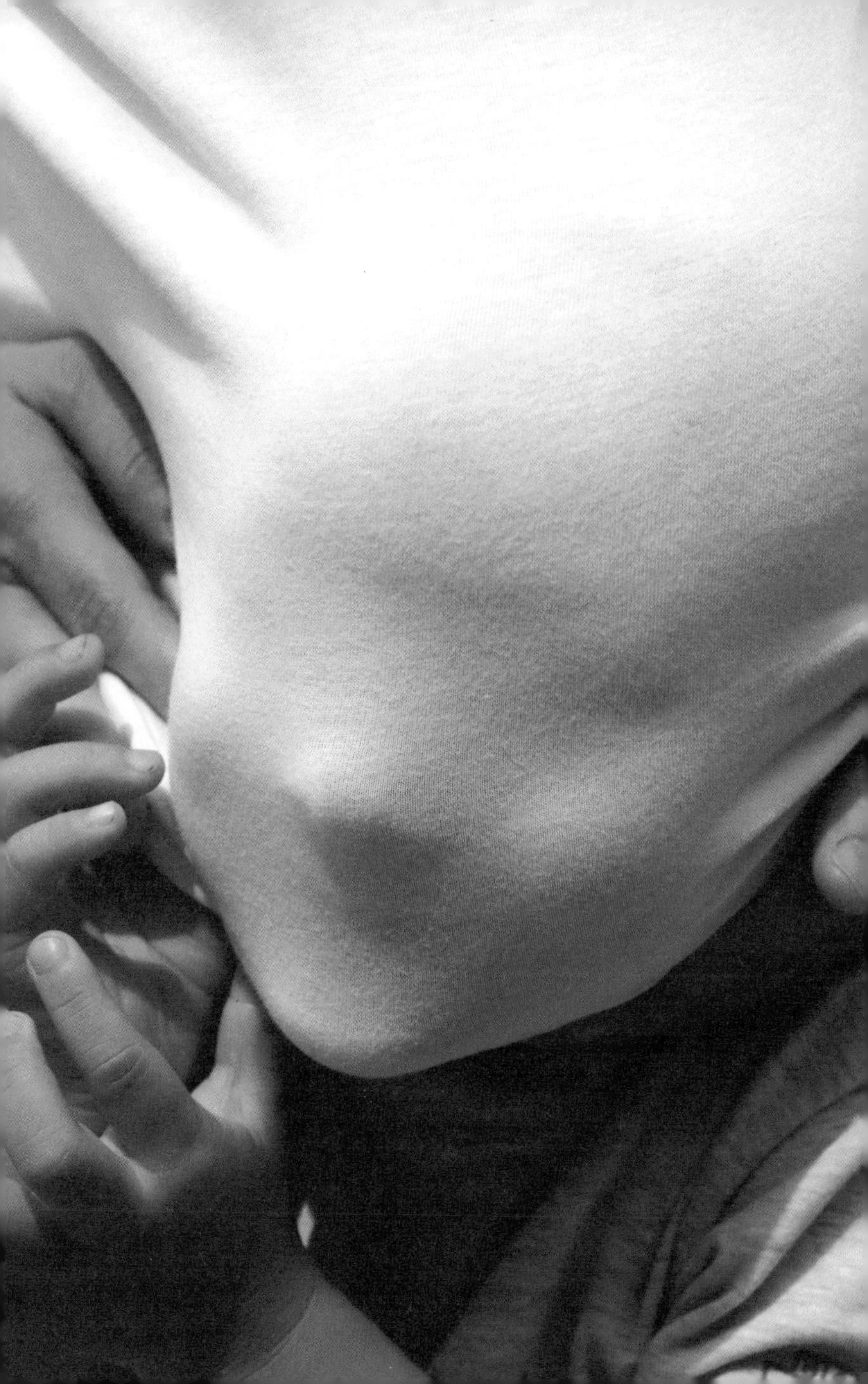

ㄒㄧㄠˋ ㄒㄧ ㄒㄧ

「今天不是小考嗎？」

「對阿，考九十七分！」

「這麼厲害！聽寫喔？」

「不是啦。是數學，數學九十七分。」

「阿聽寫咧？」

「……」

「考不好喔？」

「對啦，考十分。」

「喔，還好啦。考幾題？」

「考很多題，二十題，一個字兩分。」

「那總分應該是四十分啊？」

「不是啦，是……」

「阿你都不會寫喔？」

「有一點點會啦。」

「會不會難過？」

「也有一點，」

「沒關係啦。十分也很好。下次加油就好了。」

隔天，送他到學校，老師說他聽寫寫不出來，急得都哭了。「喔，哭了？哭了好，哭就有救。」我笑了，心裡想。

再一天，考卷發下來，抄寫訂正，我看了嚇一大跳：開學不過三個禮拜，怎麼就要他拼ㄒㄧㄠˋ ㄒㄧ ㄒㄧ這樣的詞彙。依稀記得四十年前上小學，光注音符號幾乎就教了二三個月哩。

「考十分很強了。我真的覺得。」

「對啊，我們班還有考四分、八分的咧。」他ㄒㄧㄠˋ ㄒㄧ ㄒㄧ地說，理直氣壯，陽光燦爛。

看來，「學習受挫」這件事是不用太擔心了。

鸚鵡

「爸爸，你看，鸚鵡欸，我要跟牠說話！」

「說說看吧。」

「泥好我係林小寶，泥好我係林小寶，泥好我係林小寶……爸爸，牠怎麼不回答？」

「我哪知道？可能還太小吧。」

「也可能是啞巴。真是不幸的鸚鵡。爸爸，鸚鵡也會啞巴嗎？」

「應該也有，但這幾隻不像，你仔細聽，會咕嚕咕嚕啊。」

「喔，那可能還不認識我，有點害羞。泥好我係林小寶……」

「走了吧！」

「等一下，泥好我係林小寶泥好我係林小寶……」

每個禮拜，我們至少選一天，從學校走路回家。穿街過巷，不時更換「探險」路線，邊走邊玩邊亂扯。每次，我總會想到《從文自傳》裡沈從文自述少年放學後歸途所見所聞。世間事物已大不同，可少年對於世界的無窮好奇，應當還是一樣吧。

一轉眼，再過一個禮拜，他就要畢業進小學了。真快！

聯絡簿

他一回來——安安靜靜——我就知道有事了。

「怎麼了？不說話。學校出事了嗎？」

「哇～～不好了。出大事情了啦……」（嚎啕大哭）

「怎麼回事？別哭別哭，說給爸爸聽。」我有點慌了，莫非打架見血了。

「我：我……把老師的聯絡簿塗掉了啦。哇～～」（抽抽噎噎）

媽媽補充說明後，真相大白：他下午又跟同學在教室打打鬧鬧，弄假成真，互相用課本打頭，被老師在聯絡簿上記了一大筆。昨天也是，媽媽警告再發生就要罰。他一害怕，竟拿起筆，把「一大筆」塗成「一大塊」。塗完後發覺不對，卻木已成舟，回不去了。

「你怕被罵被罰，所以全部塗黑？」映著燈光看塗掉的內容，幾乎看不出，滅跡得真徹底啊！

「媽媽說再寫就要罰，我就害怕……」（支支吾吾）

「阿這樣塗掉，媽媽就不會發現嗎？」

「……」（搖頭）

「那怎麼辦？」

「……」（搖頭）

「好啦，那也沒辦法啦。事情都發生了，就面對吧。」

「……」（可憐的眼神）

「兩件事。第一，明天上課先跟吳老師說這事，跟她認錯，說對不起，你不該塗黑聯絡簿。勇敢一點，敢作敢當！」

「……」（點頭）

「下午再跟黃老師道歉，說對不起，你不應該把她的留言塗黑。懂嗎？黃老師還沒看聯絡簿就先說。自首無罪。老師不會怪你的。」

「真的嗎？」（眼睛有點亮光。）

「你敢認錯，老師就會放過你。不過，你這樣做對嗎？」後半段口氣轉嚴厲。

「不對。」（無力的回答）
「對還是不對？大聲一點。」
「不對！」
「要不要罰？」
「要。」（又轉小聲了）
「罰什麼？」
「要打……罰站好了。」（更小聲）
「算了，你是因為害怕才這樣的，也敢面對，還算很孫悟空，那就罰今晚不能看影片。」他原本每晚可以看一集『西遊記』的。
「好。」（如逢特赦）
此晚吃飯準時洗澡準時寫功課準時上床也準時，果然很守本分。臨睡前，跑來說：
「爸爸，你可不可以用立可白幫我把那塊塗掉？」
「那還不是一樣，黑的變白的而已。」
「可是……」

「老師還是會知道啦。別傻了！發生就發生了，做錯了就道歉。老師不會怪你的啦。」

「真的嗎？」

「不信你明天就知道，去睡覺！」

隔天去接他。

「有沒有道歉？」「有！」「有沒有被罵？」「沒有！」「老師說什麼？」

「老師在笑。」

臨睡前，又跑來說：

「爸爸，那你能不能幫我看看那一塊寫什麼？」

「昨天看過了。看不到啦。塗太黑了。」

「喔，我真想知道寫什麼？」

「為什麼？」

「其實老師有說啦。她說她不是都寫壞的，也有寫好的。我真想知道寫什麼好的啦。」——聽來很遺憾的口氣哪～

熱炒

一起從南京東路走回家，經過赫赫有名吉林路熱炒攤。人聲鼎沸，熱鬧喧囂。

「爸爸，這些中國人吵死了！」

「別亂說，這些都是台灣人。台灣人有時也很吵好不好？」

「可是我們家那邊的中國人都很吵啊？還把路佔著，不讓我走。」他指的是住家附近專接陸客的餐廳騎樓。

「他們看到臺灣這麼好，太興奮了啦。台灣人以前也很吵。後來才比較好。日本人比較不吵。我覺得。」

「喔，那他們這些人為什麼吃飯那麼吵，吃飯不是不能說話嗎？」

「嗯…這…這應該是熱吵，吃熱炒就是要很吵才過癮唄。」

「喔，那日本人來吃也會很吵嗎？」

「當然，統統都很吵。熱炒就是要吵！」
「真的嗎？爸爸，你該不會是開我玩笑吧？」
「我當然是開你玩笑！」
「呵呵～爸爸你好好笑。」
此時此刻，我感覺我很「駱胖」。喇賽果然很爽！呵呵呵～

水壺

上學第二天。

走到樓梯口，他右手一揮：「爸爸，你走吧。我自己上去！」

「行嗎？」我懷疑。

「當然可以。」很豪氣的回答。

上了捷運，猛然發現水壺忘了給，我帶著走了。

to be or not to be？回頭嗎？

「算了！總要學會自己解決問題。」狠心的爸爸。

「今天忘了給你水壺。」下午一碰面我就說。

「對啊，我還追下去。你就走了。」

「有沒有哭？」

「有啦，看不到你，哭了一點點。」

「那口渴怎麼辦？」

「我還有牙杯啊，去飲水器喝就好了。」

「嗯，好，很厲害！不愧是我兒子。」

「不是啦，是我同學跟我說的啦，他一說我就想起來了。」有點害羞。

「那也很厲害！不好意思，爸爸造成你的困擾了。」

「沒關係啦。呵呵～」

隔天早上，又到樓梯口。

「你自己上去嗎？」

「還是你陪我好了。」仰望著我，似乎有點不放心自己。

（後來才知道當天他嚎啕大哭十分鐘，全班「搶救」，有人急忙獻策用牙杯喝，他才止哭。）

今早上學，走到一半，發現水壺又忘在家裡了。

「怎麼辦？來不及回去拿了。」

「沒關係啦。我有牙杯，用牙杯就好了。」眼睛發亮地說。

——果然，哭吧，哭就有救！

大膽孽畜

大陸《西遊記》連續劇常見有兩種：一是由小六齡童扮演孫悟空的央視老版本，一是張紀中製作，二〇一一年新版，演孫悟空的是吳樾。

夏天到廈門時，不免去買碟，不免想買套影片給他看。一九九〇年代，父親中風後，幾乎成天看電視，當時常陪他看央視老版本，小六齡童演猴子維妙維肖，成了全家大偶像。本想買這套，「三代同版」重溫舊夢。隨即想到當時特效很差，常見穿幫，幾經考慮，就買回號稱耗資一億製作特效的新版了。

回來開機看，擔心了：「這麼文言，他行嗎？」結果一點不成問題，他看瘋了。後來還得限制每天看一集，有些段落，譬如「盤絲洞」「金角銀角」「芭蕉公主」「紅孩兒」……一看再看，最後乾脆自己演了。常要找人「打一場」，還得模擬台詞。當然，演孫悟空的一定是他，不能改：

「來者何人？報名送死！」

「你爺爺我乃五百年前大鬧天宮的齊天大聖孫悟空。你這隻笨牛等著挨打吧！」

「潑猴猢猻，廢話少說，吃我一刀！」

有時跟爸爸，有時跟媽媽，天天打，大概也有點厭了。這兩天，不演孫猴子，改演師父，台詞則有點怪：

「大膽孽畜，還不快快現出原形？」

這……這應該是菩薩或佛祖收妖時說的吧，唐三藏會說這嗎？但……隨便啦，只要你自己玩得高興，不點名我打一場就好了。

「可是，爸爸，我覺得我這枝禪杖應該有個頭，影片上都有，你幫我做一個吧!?」

──我就知道，肯定有新花樣。沒看到恁北這麼忙？真是大膽孽畜啊！

血脈

你從幼稚園歸來。進得家門，鞋一脫，外套一落，書包一丟，便往房間衝。你正迷樂高玩具，拿到新款，急著拼湊。我一把抓住你，鄭重地要你把東西收拾好。你有點不情願，卻礙於我臉色，不敢不聽話。「物件要放歸位，勿使亂拋。」

我脫口而出這句台語。好熟悉啊～

陪你玩樂高時，我細細咀嚼那句話。四十多年前，我的父親就是一面講這句話，一面教我東西該如何擺怎樣收。只不過當時他同時要教好幾個，如今我只需對付你一人。如同那著名廣告詞所言，孩子，我確是當了爸爸之後才開始學作爸爸的。

初次抱到不及我手臂長的你，誠然有些惶恐，完全不知如何當爸爸。偏偏我又是一個不喜歡「說明書」的人，要我照著書去扮演父親角色，我沒那個耐性！於是，順著直覺走，抱你、牽你、養你、教你，一步又一步，四年多的時光一下子走過去了。你在學，我也在學。

然後，我便發覺我越來越像我的父親了。夜裡起身替大字攤睡的你蓋被子時不自覺會說：「真歹睏神！」要你專心一致吃飯：「卡做一致ㄟ。」早些上床睡覺：「尪仔物收收ㄟ，緊去睏。」甚至，那天等過馬路，一不留神，你快步暴衝了，我一把抓住你，情急之下高聲喊出的竟是日語：「あぶない！」（危險！）——孩子，這些話都是我小時候你的祖父常在我耳邊念叨的啊。

我想，我是當上了爸爸，才真正開始瞭解爸爸的。因為有你，我成了「父親的一員」，因為與你生活在一起，讓年過半百的我更加理解昔日我的父親的心情，為什麼喜？為什麼怒、哀、樂？也更能平心靜氣地去看待他所遭逢的困難與無奈，時代所加諸於他的種種限制。因為你，我自覺或不自覺，常時念想我那一逝不再回來的父親，更貼近他的心。孩子，這是血脈，人人都有，卻很難為外人道。我真的很感謝你，你讓它繼續流傳了下去。有了這一血脈，透過我，不僅是我，其實我們家族所有已過世了的「父親」都回來了，我們正一起守護著你。你知道嗎？

孩子！我絕非刻意想影響你的人生，更不是在寫家書、家訓什麼的。我僅是擔心我們年紀相差這麼多，或許在你還沒深刻感受這一血脈時，我便不得不遠離了。留下這些文字，留下一些線索，日後你應更容易探索些。自然，這也可能是漸嚐無常憂患如我者的一種過慮。但無論如何，終有一天，你也會有自己的子女，到了那時候，你也得學當爸爸，然後，血脈自會解碼，這一切你都會記了起來。彼時無論我何在，也自將應召回來與你一起守護下一代。

這一切，或者就像名為娜妲莉高（Natalie Cole）那位女歌手懷念父親時所唱的：

Unforgettable, that's what you are（難以忘懷，那就是你）
Unforgettable though near or far（難以忘懷，無論遠近）
Like a song of love that clings to me（像一首愛之歌圍繞著我）
How the thought of you does things to me（思念的你深深影響了我）
Never before has someone been more（從來無人能夠）

8620
D51 200

餅行
15-50388

父親——彼岸過迄

愛你入骨

二〇〇三年秋天，北京萬里無雲，第二十三屆古籍書市在琉璃廠海王村舉辦，頭上彩旗飄揚，地上舊書疊亂，耳際傳來的是輕快的台港流行音樂。人潮一波接一波湧來，每個人臉上都因為興奮而顯得格外光亮。中國書店大清倉！「一萬七千餘部解放前舊書，八千餘部解放後舊書及近千部外文舊書，兩千餘部待集配的殘本」，這種事，一輩子能碰上幾次？光看不買也值回票價，更何況還是低價傾銷呢。

我躲在較少人圍搶，僻處一角的日文舊書堆裡，刻有「南滿鐵道株式會社巡迴書庫」印文的藏書章，激發人無限想像，不停地取換翻看著。耳邊樂音換曲一轉，流瀉而出。我愣了一下，抬起頭來，望著藍晃晃得都有些透明了的北國天空，忍不住眼眶有些溼潤：「爸爸，怎麼就在這裡遇上你了呢？」

父親早在二年前就過世了。遇上的，自然不是他，而是他生前最喜歡的一首歌：『骨まで愛して』。

關於父親的記憶，幾個定格畫面始終鮮明。大約進小學之前吧。某天黃昏，父親跟隔壁的幾位叔叔阿姨，站在門廊下，共看著一張電影本事，合唱日文歌曲，笑容燦爛，一唱再唱。父親三十二歲生我，彼時年近不惑。若說我還能有意識地感覺到父親也有過的青春，大概也就是這幾近尾聲的一瞥了。那一天，父親他們所練唱的，正是後來譯為《愛你入骨》的『骨まで愛して』。一九六六年，渡哲也、松原智慧子主演的同名電影上演，主題曲一炮而紅，父親手上的宣傳本事，也許是之後來台放映時所印送的吧。

總而言之，父親就是這樣學會這首歌，此後幾十年裡，只要喝醉酒了，他便自覺或不自覺地哼唱起來。而他的喝醉，幾乎無日無之。耳熟轉能詳，大約在小學三四年級，我幾乎也能曲不成調地「HONEMADE HONEMADE……」了。

父親愛喝酒，從我認得他以來即是。每天晚上，他總會就著殘餚剩菜，自斟自酌喝了起來。剛開始是悶著頭一杯接一杯喝，偶而會微笑地看著在廳堂洗腳準備睡覺的我和姊姊。等到躺進被窩時，隔著薄薄的木板牆，便可聽到漸醉了的他，開始自言自語，然後一次又一次，彷彿唱片走針般，唱起『骨まで愛して』。

父親酒品算不錯，唱累了多半就去睡覺，不太鬧，但有時喝多了，也會做出匪夷所思的事來。某天清晨，母親對著廳堂的觀音菩薩畫像，非常生氣地指責父親「這款代誌，你也做得出來!?」原來，昨夜醉酒後，父親拿起唇膏，幫觀音菩薩塗口紅了。

因為愛喝酒常誤事，丟了工作，丟了錢，醉倒路邊警察通知領回，一再上演。終其一生，「喝酒」這件事成為父親與家人之間一個無解之結。孩子長大了，與他越走越遠。受日本教育長大，不輕易流露感情的他也不多說什麼，繼續喝他的酒，唱他的『骨まで愛して』。

父親是在中風七年後過世的。這七年裡，話都說不清楚的他，再也不能喝酒唱歌，電視遙控器成了唯一能掌握的東西，他終日孤單地收看NHK與政治談話節目，不復健懶得吃藥脾氣壞得可怕，默默等待大限之將至。

他過世之後，某次跟一位日本朋友談起『骨まで愛して』這首歌。她告訴我，副歌的「骨まで，骨まで，骨まで愛して，ほしいのよ。」譯成「愛你入骨，愛你入骨，希望能愛你入骨」，其實不準確，應該是「愛到入骨，愛到入骨，希望你能愛我到入骨」才對。

那天夜裡，為了這歌詞，徹夜難眠，徬徨無據的我，對於父親的思念，終於像山洪爆發般衝決了出來。

少年工坊っちゃん

父親曾是少年工，一個少年工坊っちゃん。

一九四三年，二次大戰末期，日本敗象已露。為圖最後一搏，賡續開發新型戰機，卻苦無人手製造，於是動腦筋到台灣少年身上，以半工半讀，可領到工業學校畢業證書為誘，在台灣招收了八千多名國小高等科畢業生、中學生，到日本神奈川高座海軍工廠，製造「雷電機」。

父親是其中之一。那年他十七歲，與三位表兄弟聯袂出發。去時四人，歸來同行六人。

父親出發之時，祖父早已在日本。他本是新莊街一家大批發商的掌櫃，二十八歲那年，受到日商青睞，聘他到日本，主持一家工廠，製造販賣當時從西洋傳來的時髦商品——衛生棉。祖父生意做大了，把大女兒接到了東京。父親是長子，本也該過去，誰知戰爭爆發，耽擱了下來。

父親報名少年工，是否祖父授意還是他自己想去？不得而知。總之，父子兩人一九四三年在東京團聚了。父親雖在軍工廠做事，一碰到放假，就招朋引伴去找父親、姊姊。「我會唱幾百首歌啊，在日本時，跟你大姑，你唱一首，我唱一首，可以唱一整天哪。」父親醉酒時，有時會如此炫耀。我們卻從來不拿他的話當一回事。

「阿兄在日本時，他那些同學都叫他『坊っちゃん』。他那時長得白胖，非常英俊，還有個日本女朋友。」父親過世後，某次與二姑媽談起往事，她這樣說。我卻怎麼也無法將之與我所認識，一輩子在社會底層載浮載沈，謀生無計的父親想像在一起。——『坊っちゃん』，那是夏目漱石的小說哪，有翻譯成《少爺》，也有稱《哥兒》的。

一九四四年秋天，盟軍 B-29 轟炸機開始空襲日本，東京朝不保夕，危若疊卵。父親隨著軍工廠疏散到群馬縣，祖父放心不下工廠，堅持留守，大姑為了照顧他，也留下來了。隔年春天，東京大轟炸，三百三十四架 B-29 投下超過兩千噸燃燒彈。一夜之間，四分之一個東京被夷為平地，十萬人死於非命，包括兩國國技館附近的一對台灣父女，我的祖父我的姑姑。

父親歷劫歸來，胸前捧掛著兩個白布包紮的靈骨匣，裡面無骨無灰，僅有泥土二把，代表屍骨無存的父姊身軀。原本要隨他返鄉的情人，也就此慘然分手了。「阿兄回來後，成天不講話，只會坐在廳堂望著港邊發呆。要不就拿起紙筆，拼命寫，寫完就揉，地上一大堆。有時喝醉了，躺在地上，我去搬他，只聽到他喃喃自語『人生は一世，人生は一世……』看他這樣艱苦，我也忍不住掉淚了。我的阿兄怎麼會變成這樣？」姑媽有些哽咽地說。

一九九〇年代末，我第一次到東京，乘坐JR 地鐵，路過「兩國驛」，心跳忽然激烈了起來。隔天，在神保町看到早乙女勝元所編的《東京大空襲》，翻著翻著，竟至淚流滿面，失聲哭了出來，搞得書店老闆、同行友人手足無措，都不知該說些什麼了。

阿兄

一九四五年，台灣光復。短短幾年裡，守寡多年的曾祖母痛失了三個兒子。身為長孫的父親，卻終日惘惘，看不出有何大志，似乎無法扛起「家族」這兩個大字，遑論「振興」了。

隨著時間的消逝，下一代逐漸成長，各自找到了生命的出路，有榮有枯，更多隨波逐流，保家護眷得很有些吃力，像父親這樣的。

但，父親是「大孫」，同輩無兄姊，僅有弟妹，誰見到他，不管願意否，總要尊稱一聲「阿兄」或「にいさん」。這個稱呼，如今回想起來，應該不輕鬆，甚至沈重了。原因倒也不難理解，獅子座的父親，天性慷慨大方，愛面子愛照顧人。小時候，我向母親討索半天，勉強拿得二角五角。他若要給，一定從一元起跳。可惜大人世界裡，要談照顧，一元是不夠的。

一輩子錢不夠用，大概是父親最大的苦惱了。或許因為如此，一旦手中有幾塊錢，譬如月初領薪水，「阿兄」花起來，絕不手軟。買醉是最常見的，有時且不顧家中等錢買米下鍋，竟荒謬得被人借走了。「人家看得起你才會跟你借。知否!?」「你是有什麼才調借人家？」一個大聲一個不怕，最終不了了之，受盡委屈的母親還是得自己想辦法。這種事，不斷重複上演。最驚險的一次是，母親在門前攔截父親，搶回房屋所有權狀。他正要偷偷拿去借朋友抵押貸款哩。

一九七〇年，日本大阪舉行萬國博覽會。父親因為通悉日語，成了「中華民國館」的一員。在那個不正常的戒嚴時代裡，不管做什麼，「能出國」便代表有辦法，便是揚眉吐氣。臨行那天，包括纏足的曾祖母在內，幾乎全家族都出動到機場送行。記憶深刻的是，曾祖母那天笑瞇瞇，一路牽著父親的手，分手時且濕紅了眼眶，彷彿「大孫」終於長大了。但其實，這一去也不過就是七八個月，父親所做的也不過就是廚房雜役耳。

彼時的我，正沈迷劉興欽漫畫「阿金與機器人」。父親還沒出國，我便跟他「約束」（やくそく）過，我會好好唸書，他則會幫我買一個會走會動的鐵皮機器人。父親去國後，不時也寄些吃的穿的包裹回來，偏就沒有我要的。我寫信去，也總沒消息，一次次的落空，卻讓我渴望更多，甚至還跟同伴誇稱「等我爸爸回來，你們就知道了！」

那年秋冬，父親回來了。行囊滿滿，卻盡是些雨傘口紅毛衣什麼的。所有親友圍聚家中，這個看中這一件，那個喜歡這一雙；這個想買，那個要給錢。但最後，幾乎「只送不賣」光了，連小孩的級任老師也都獲贈一雙玻璃絲襪。我的機器人沒啦（換成一本我根本看不懂的日本童話跟一頂我根本不愛戴的棒球帽），母親想拿「日本錢」買房子的希望也落空了。日子回到原點。醉的繼續醉，苦的繼續苦，不知天高地厚的繼續成長。

父親的輕諾寡信，讓我怨歎了很長一段時間。如今回想，那一次「發送物資」，或許是他這一輩子裡，最覺得自己像個「阿兄」的時候吧。——人生實難，父親，我總算也都能明白了啊。

喝酒

「父親大概很早就邁入中年了吧!?」如今我常有這種想法。中年傷於哀樂，究其實，乃是對於人生的無力。日本文化之中，因著「無常」而來的「物哀」之感，或許早就滲入父親的骨子裡頭。只是他未必知曉耳。而喝酒，也不過是他用來放鬆（逃避?）自己的一種方式吧。

父親喝酒，幾乎無日無之。小時候，隔壁家的小哥替他跑腿，買的是太白酒；小孩大了，可以效勞，買的是紅標米酒。日後，小孩更長，抵制他別喝酒，都不肯代勞。下班時，他便自己帶酒回來，境況好喝五加皮、蔘茸，一般還是「晃頭仔米酒」居多。高粱太烈太貴，他喝不起；啤酒太薄太貴，他喝不夠！

喝酒得有菜，他也不挑。四個小孩席捲桌面後，他讓母親煎個荷包蛋，就著殘餚剩菜，邊喝邊想心事，一瓶酒總可以消磨幾個小時。家人看完八點檔連續劇，他也差不多醉了，話多了。誰從餐桌經過，便要誰坐下。開始講那千篇一律的話：「要好好讀書，其它的別煩惱，老爸一定會弄好！」「別擔心，老爸很快會賺大錢，給你們過好日子！」光說不練，久了，厭了，孩子跑光光，看書的看書，睡覺的睡覺，都不想聽他嘮叨了。

總是小學五六年級的事吧。我對日語發音突然感興趣，卻也不學，只是圍著餐桌，「阿咧、露嗎，索拉、庫嗎……」亂湊亂說一氣，追問微醺的父親，這是什麼意思？父親邊笑邊回答：「索拉係『天頂』，庫嗎係『熊』、露嗎沒那個字……。」他很高興，喝一口說一次：「還有無？老爸下次教你五十音吧。」最後我問他：「我的名字阿宏怎麼說？」「可以叫ひろい，也可以叫あほう，不過あほう不太好。你要哪一個？」「あほう啦。跟阿宏一樣，很好記！」父親聽了，又喝一口酒，大笑起來，難得很開心！許多年後，我才知道，日文「あほう」即「阿呆」之意，父親開了我一個玩笑。但父親肯定也不知道蘇東坡「唯願孩兒愚且魯，無災無難到公卿」的詩句。當個あほう，也不錯！

只是，像這樣「和樂融融」的場面，畢竟不常見。更多的時候，量僅一瓶的父親，總要強喝兩瓶，喝得酩酊大醉，失控鬧酒，怒聲斥罵這個那個，搞得全家雞犬不寧，讀書的睡覺的，通通亂了受不住了。待得他也累了、乏了、睡了，一天才總算過去。但，還有明天呢。

晚年回到家裡，還是這樣，常在聚族而居的堂前坐著對人談講，尤其是喜歡找他的一位堂弟（年紀也將近六十了罷）特別反覆地講「豬八戒」，彷彿有什麼諷刺的寓意似的，以致那位聽者輕易不敢出來，要出門的時候必須先窺探一下，如沒有人在那裡等他去講豬八戒，他才敢一溜煙地溜出門去。

記憶總在時光裡被淨化，難堪的都洗去，只剩下有趣的。近日讀周作人文章，讀到他那位愛講《西遊記》的祖父這一段落。我想起的是，我那個愛喝酒，搞到我們都輕易不敢從餐桌經過的父親。

包書

這事，現在大約已很少人做了。包書。

一九六七年，等了很久，我終於可以跟大我一歲的姊姊一起去上學。開學第一天，發下新課本，老師說：「小朋友回家要包書，明天檢查。」我聽不懂國語，也不敢問。最後是同學翻譯成「閩南語」（彼時不能說「台語」，會挨罵的）告訴我：「包冊啦。用紙給冊包起來！」

那天夜裡，我跟姊姊圍坐飯桌，看著擱下酒不喝的父親折疊裁紙包書。記憶裡，那是我第一次見識到父親的巧手。他不用剪刀，單只將月曆紙就著書本比對折疊緊壓之後，順著折痕，便可將紙平順裁撕，幾如刀割。然後，這邊糊糊，那邊糊糊，一本書便包得漂漂亮亮了。

包書的紙，所用皆是父親最珍愛的日本月曆。

那是月曆還盛行的年代，每逢歲末，公司行號都會印製月曆贈送客戶。家裡一定會有的是「掛在牆壁，一天撕去一頁」的一本兼有陰陽曆數的大字日曆，以及父親千方百計去要來，一月一張的大本月曆。月曆的主題，或是日本傳統庭園，或是和服美人，更多的是明星俳優。

有時，父親也會拿到一本進口的原版月曆，他便視若珍璧，每月後翻，也不撕去。過完一年，便收藏了起來。月曆所掛的位置，恰恰是父親吃飯飲酒桌位的對面。小時候，我常見他喝著喝著，便對著月曆發呆想心事，有時會跟我說明：「那個是ひばり（美空雲雀），日本大俳優。有『水』麼？」父親總以台語發音的「俳優」稱藝人，我也跟這樣稱呼。直到中學後讀司馬遷〈報任少卿書〉至「俳優畜之」句，才把「字」跟「音」連結了起來，心裡卻有些詫異，怎麼皇帝也養「女明星」!?。

包完書之後，父親慎重地在書背寫上我的班級姓名，一本本放進書包，且教我每晚睡覺前都要檢查書包，「該帶的都要記得帶！」有時，他也會幫我削鉛筆，又快又好，每枝筆心修得尖長。隔天，我一用便斷，又恢復胡亂削出筆蕊，在地上磨筆尖的習慣了。——父親的巧手，無論包書或削鉛筆，最終我都沒學會，全遺傳到姊姊身上了。

父親常喝醉，真正幫我們姊弟包書或削鉛筆的次數，恐怕也不多，卻是童年美好的記憶之一。他毫不吝惜地拿出珍愛的月曆紙，為兒女包書的心情，直到今日也為人父之後，我方才能省得一二。傳統中國文人，年紀多了，總愛畫張什麼「機聲燈影圖」、「積麻夜課圖」，且找來一大堆人題記，用表思親。若我也要畫，那大概會是一張「夜飲包書圖」，畫中的父親，包一本書喝一杯酒，一雙兒女彷彿看表演，仰頭看他裁紙包書。這畫，肯定得以漫畫為之，那才符合我父的庶民味道哪！

金龜子

幼時，家住二重埔，地當三重與新莊之間，是即連雅堂〈稻江冶春竹枝詞〉吟詠所在：「二重埔接三重埔，萬頃花田萬斛珠。穀雨清明都過了，采花曾似采茶無。」連氏所言係日治情景。民國五十年代，花田仍有。我家門前有小河，實為大漢溪灌溉圳溝；屋旁不遠則是一大片梔子花園，每年花開時，清香撲鼻。鄉人採集裝入蔴布袋，自有大稻埕茶商前來收購。

花園四周有樹籬圈圍。樹是扶桑，俗稱大紅花。夏日到了，金龜子便跑來嚙葉繁殖。每日清晨，四鄰小孩總會成群繞著樹籬穿走，覓捕金龜子。抓得之後，以細線纏足，放飛為戲。金龜子有兩種，一種是綠色，一碰就會拉屎，腥臭難聞；另一種是暗金色，不隨意拉屎，特名「鐵金龜」。綠金龜多而賤，鐵金龜少而貴。所有小孩都希望自己手中能有一、二隻鐵金龜，用以傲人。

我的年紀小，身材也矮，每天跟人去抓金龜，抓來抓去，總不曾到手一隻鐵金龜，因而十分懊惱，某次且因與同伴搶抓落敗，回家還哭喪著臉，掉了幾滴淚。

彼時，父親以拉三輪車維生，專任一名縣議員的車伕。縣議員是二重埔老鄉紳，人頗威嚴，穿戴講究，像書裡走出來的人物。每天早上，父親吃過飯，便到河對岸，有著花園的小洋房報到。沒多久，戴斗笠穿汗衫頸圍毛巾的父親便踩著車圈擦得晶亮的三輪車出門了。路過家門口時，父親總會揮手招呼我，老議員多半嚴肅地凝望前方，不苟言笑。有時候，他的「細姨」同車出門，父親踩得吃力，無暇招呼我，反倒是穿著唐衫的細姨笑得燦爛如花，老議員表情也放鬆許多。

父親每天要走的路線，變動不大，多半順著省道台一線，也就是縱貫路往北走，過了中興橋，轉往漢口街跟館前路交角，老議員的青果公司就在那裡。老議員作息固定，黃昏日落便如飛鳥歸巢。一個月裡，或者有幾次夜間應酬，父親若不用去，便提早回家。這時候，他偶而也載著我跟姊姊，到如今已成古蹟、供奉著五穀先帝神農氏的先嗇宮廟埕繞上幾圈。碰到心情特好，還會使勁踩快車，讓我跟姊姊一路叫喊笑鬧回家。

那一夜，父親晚歸。黃昏過後，始終未見人影。起初，母親以為他載老議員應酬去了。誰知後來老議員坐著「黑頭車」回來了，父親猶無下落。沒手機少電話的年代裡，一切也只有等下去。母親焦急，不免絮叨：「一定又是跑去喝酒了！」等著等著，我跟姊姊皆不支睡去。

隔天起床，父親已歸來。他把我叫到跟前，笑著給我一個鐵罐子，打開一看，滿滿都是鐵金龜，有大有小蠕動著。簡直樂壞我了！原來，昨晚父親真的去喝酒，但沒大醉。微醺的他，路過中興橋，看到路燈下群蟲圍聚，種類多多。他心血來潮，車子一擺，竟為他的兒子抓起鐵金龜來了。——當時無知，以為也不過就是一罐蟲子。幾十年後，也為人父的我，想像那個穿汗衫的醉者，在路燈下踉蹌兜抓蟲子的畫面。滿心感懷，都無言了。

惡妻逆子

夜裡，偶然在公視頻道，看到了吳念真電影『多桑』重播片段：為了電視籃球轉播，一家人吵了起來。多桑一口咬定日本穩贏，被小妹罵漢奸走狗，被大弟頂嘴「切腹！切腹！」，最後還被卡桑搶白斥責：「大人大種了，還跟小孩子搶電視!?」多桑很無趣且無奈地丟下一句：「惡妻逆子」後，悻悻然出門而去。

鏡頭一轉，拉成綿延不盡的九份山巒，隱隱傳來日曲改編的〈流浪之歌〉：「春天啊緊過去，秋天就要來。可憐的阮青春，悲哀的命運。」

看著看著，讓我想起了父親生前，也常在類似的境況下無奈忿言「惡妻逆子」四字，且往往還加一句「無法可治！」

「惡妻逆子，無法可治」，毋寧是戰後很大一群「台灣多桑」早經注定的命運吧。這些「多桑」，一生下來就是「日本人」，受過基本教育，經過軍國民體制，戰爭動員（或說洗腦），一件跑不掉。少年的教育，青春的見聞，加上「二二八事件」的衝擊，讓他們始終傾心「潔淨的、文明的、效率的」日本精神。打從心底看不起中國人，不願學國語、認國字。只是，「自慢」畢竟當不得飯吃，在人屋簷下不得不低頭。不認「祖國」，不設法轉化自己成為「中國人」，這群多桑，除非家饒貲財或機遇過人，多半也只能在中下階層打轉，一輩子牢騷滿腹，難得出頭天。這種鬱卒，隨著年華老去，勞動無力，更加難解且無解。或因如此，多桑們最後往往陷身「杯中乾坤大，壺中天地寬」的酒鄉裡去了。

貧賤夫妻百事哀。多桑的無力，讓一家失了主。但除非就此仳離，否則家庭還是得撐持下去。經濟的重擔於是落入「遇人不淑」的妻子肩上。所幸的是，戰後台灣經濟起飛，勞動力缺乏，「欲做牛，不怕沒犁拖」，家庭代工、當傭傭、女工，造就了一整代「也要內也要外」的卡桑面貌。她為夫為子，無怨無悔。無法說清的收穫，則是在家庭裡擁有了遠較新婚伊始，相對更大一點的發言空間。有時實在忍無可忍，翻臉開罵，要拼個輸贏了。很「日本」的多桑，面對很不溫柔很不「日本」的卡桑，「見笑轉生氣」，卻也不太能／敢回擊，只得嘴巴不饒人地罵聲「惡妻」，儘管他很清楚那是「賢妻」——沒了她，這個家早完蛋了——至於那些受國民黨教育長大，被洗腦洗了了，講的想的要的都跟他很不一樣的兒子女兒，不是「逆子」是什麼？

「凡一種文化值衰落之時，為此文化所化之人，必感苦艱；其表現此文化之程度愈宏，則其所受之苦痛亦愈甚；迨既達極深之度，殆非出於自殺無以求一己之心安而義盡也。」陳寅恪先生在〈王觀堂先生輓詞〉曾如此說過。只是，文化的浸然，風行草偃，從來不分菁英庶常，文化衰落的苦痛，改朝換代的併發症，也不必然知識份子才有。大眾之人，庶民之常，苦痛頗有而不自知其所由來，自殺無門，也只好罪及妻孥，忿然且不無自我解嘲地罵它一聲「惡妻逆子，無法可治」了。是耶非耶？

家書

報到前一晚，我跟母親在前廳看張小燕主持的『綜藝一百』，父親在後廳喝酒，大約已醉了，開始碎碎念。母親把老笑話又講一遍：「這個張小燕，那麼愛講話，答答答答像枝機關槍，上輩子一定是啞巴，這世人來補講的。」我敷衍地笑了一下，實在忍不住了：

「阿母，我明天其實要去東引啦。」「東引？在哪裡？不是說抽到宜蘭嗎？怎麼……」「不是啦，我沒講清楚，怕你煩惱，現在不講也不行了。那是外島，在馬祖那邊。」「外島。哎喲，你怎麼現在才講，這樣不行啦，那邊一定很冷……」

二月的寒風，穿窗吹來。母親跟著絮叨起來，越講越多，都有些哽咽了。畢竟，唯一的兒子從沒出過遠門，最遠最久也就是成功嶺受訓。這下子竟要去到一個她從沒聽說過的地方，並且至少半年之後才有假放。母親一難過，我也跟著感傷起來了。酒醉的父親卻高聲唱起那令人厭煩的「愛你入骨」，彷彿這一切都與他無關。

「我是要去當反共救國軍，突擊隊哪，九百人才十五支籤，偏偏我就抽中了。這一去，搞不好腦袋就被水鬼摸走了。你到底知不知道，關不關心啊？」那一年，父親五十五歲，人生的一切，大概都已確定，名利皆無分，這輩子就是無產階級當到底了。獅子座的他，似乎也默默接受了這一現實。白天在工廠打工，夜裡一天一瓶米酒，有時還加一瓶蔘茸酒，必醉而後已。酗酒過度的雙手，一伸出來，明顯在發抖。這樣的父親，讓全家不時籠罩在陰影之下。

隔天，母親硬陪我到基隆韋昌嶺報到，她連夜不知到哪裡買來幾雙厚毛襪：「腳骨最要緊，腳不冷，身體就不會冷。一雙不夠就穿兩雙。知否？」公路局車上，她責怪自己去恩主公拜拜，僅乞求關帝君別讓兒子抽到金門、馬祖，沒想到竟跑到東引去了。「也不能說恩主公沒保庇，是我們自己沒講清楚，不能怪神明。」她自我安慰地說。陪我一整天後，我要她明天別再來了。「搞不好今晚就開船了。這沒一定，你別再來了。」她看了看我，紅著眼眶：「出門在外，自己要小心！」依依不捨，走了。

東引軍旅歲月，防務繁忙，也要卸載也要構工也要訓練，整個人被剝去了一層皮。父親偶而也給我寫信，和式漢語的內文，加上龍飛鳳舞的筆跡，老實說，我看不太懂，也沒時間去猜，回信多半草草了事。倒是隨信寄來的包裹，無論香腸或肉鬆，常讓我一樂好幾天。

據說，得知我其實分發東引後，父親沈默了好幾天，竟沒喝酒。然後，便「恢復正常」了。唯一的改變是，「再怎麼醉，也要撐到夜間新聞，看過氣象報告，知道馬祖氣溫後，才甘願去睡覺。」這是好幾個月後，妹妹信上說的。我心中閃現一絲感動，隨即掩逝了。「知道能幹嘛？冷的是我，又不是他！」我很無情地這樣想。

二年前，翻讀何致和《外島書》，讓我聯想起了那幾封父字家書，以及那個搖晃著身子緊盯電視看氣象的醉漢影像。用「皎宏孩子身體好」這樣怪異開頭的那些信件，早因搬家而散佚無蹤了。抽屜裡還留存著的，僅是幾個兵科、少尉領章、兵籍名牌，以及一紙陸軍獎狀。——「留下無用的，丟掉重要的。人生從來都是這樣吧!?」我想。

叮嚀

曾看過一篇報導：酗酒會遺傳。父親若嗜酒，兒子也成酒鬼的風險是普通人的九倍。酗酒的定義是什麼？我不太清楚。若是指幾乎每天都喝醉，不喝便受不了。那父親肯定有資格領此「執照」，而我，當是高危險群之一了。

關於喝酒，或因耳濡目染，在吾家，幾乎是不學自會的。姊姊十八、九歲第一次喝酒，半瓶多紹興下肚，臉不紅氣不喘，彷若無事，至今引以自豪；我早一些，十七歲就在外面喝了，同學三人圍爐，我跟原住民那位共同幹掉一瓶五十八度高粱酒，猶然能說能笑，旁邊一杯沒喝那位卻頭昏想吐，「都被你們醺醉了！」幾十年後同學會，這事還被拿出來說；至於兩位妹妹，對酒興趣雖不大，喝個一瓶啤酒，卻從來也不是問題。

兒子喝酒，父親不鼓勵也不反對，「男孩要能喝點酒才行！」他持的是這樣的態度。母親自然有意見，但因疼兒子，且個性溫和，也沒堅決反對，只是每回我喝多了，總要叮嚀：「你父親一輩子被酒害了，可千萬別學他啊。」母親的話，我聽在耳裡，卻難擺在心上。喝酒這事，我一直喜歡，雖不主動，但有機會就要喝它一下，且喝上就不停，醉而後已。「他啊，酒膽比酒量大！」姊姊經常這樣說我。所幸的是，三十五歲之前在校園裡混，三十五歲之後當編輯，應酬喝酒的機會都不多。

我的喝酒，是否造成母親的苦惱？我不曉得。但或許「嫁到燒酒尪，氣心惱命算酒矸」一輩子，母親早成驚弓之鳥，因此每逢我出差或她想到了，總要再說一次：「燒酒不是好物，能不喝就別喝，酒醉誤大事哪～」婚後我沒跟她住在一起，回家與她閒聊，天南地北繞一圈，她常會問我最近有無喝酒？然後，老話再說一次。

母親有家族糖尿病基因，五十多歲，過度勞累，便得病了。我則在四十多歲時，貪吃愛喝不運動工作量大，順理承接遺傳。有一陣子，母子倆常手牽手到醫院看診。講起這病，母親總有些黯然：「都是我害了你。你兒子還這麼小，自己要注意，準時吃藥，多運動，別再喝酒。」——這下子她更在意喝酒這件事，知道她很擔心，我也就少喝了。

今年夏天，母親往生。從發病到過世，短短不過兩個月。世緣流轉的迅速，讓我幾乎反應不過來，僅能行禮如儀，隨順走過而已。八月底，滿心抑鬱幾近滿溢崩裂，不消散不行了，於是往彼岸旅行去。

到達北京的第一天，新舊高朋滿座，茅台、高粱、生啤喝下來，算算二十多瓶擺滿一地。自然，我放縱地喝醉了。半夜裡口渴難當醒了過來，久病成醫，我知道血糖升高了。吞藥處置後，一個人坐在床沿，凝視異鄉的黑暗空間，忽然明白一件事：「因為不放心你，才將這病遺傳給了你。」母親已遠，叮嚀猶在我身，此後陪伴一生，再不能不擱在心頭，卻是惘惘無可說了。

怪物

「我的父母養我至今，終於將我養成一具怪物，隨心所欲，恣意行樂，在沙漏滴完之前。」房慧真《單向街》裡，最讓我觸目驚心的一句話。相當程度上，我也是！

父親與母親結婚後，順應彼時風尚，八年內生完了不算多的四個小孩，三女一男，然後，使盡全身氣力去撫養他們，再無餘力旁顧了。兩人沒學歷沒背景沒一技之長沒家族相挺，靠的僅是一個半人的勤奮。一個是母親，半個是不喝酒清醒時的父親。「想當牛，不用怕沒犁拖。」這句話，母親教訓過我，父親也講過。說到做到，兩人也確實如「牛」，拖過各式各樣的「犁」。

儘管是「犁多牛少」的一九六〇年代台北，但畢竟以兩人能力，可選擇的也實在不多。於是一個人的，從洗蘿蔔、廢品工廠女工，家庭手工藝，幫傭打掃洗衣，一直到旅社女中，什麼都做過；半個的，拗綁鋼筋、踩三輪車、庶務跑腿、製衣廠工人、冷氣銷售、擺小吃攤，也是一樣不少。——如此「使力的少，吃飯的多」的家庭，用文言文講：「救死恐不贍，奚暇治禮義哉！」，台灣諺語則是「生吃都不夠，哪還有曬干的？」

也因此，關於讀書識字，或說教育的事，我的父母，一貫原則是：「你能讀，我就供；讀不了，就去作工。」這大約即是他們那輩人對於知識的一種敬重：只要你肯讀能讀，無論如何，我便供養，其它事做不做都沒關係。

就是在此種狀況之下，身為獨子的我，最終被養成就算不是一具，也是半具怪物了。五專讀成六專，三修補考才驚險畢業；文學院讀成醫學院，光大二便反覆讀了三次；考上了碩士班，讀讀停停消磨五年，卻對著催促復學的電話說：「把我退學好了！」——直到三十五歲，我始終在校園晃蕩，這邊讀讀，那邊念念，總沒個好下場。父親跟母親卻從來不曾要求我去工作，儘管家裡很需要多一個人賺錢。

大約是一九九四年前後吧。我離家獨居，自以為了不起地在台大史研所混日子，與父親的感情極度疏離，回家看到他醉酒，一逕地漠視，甚或，鄙視。「父親老了」，這事我很清楚，卻避而不見，寧可成天跟陳寅恪、王國維、李贄、萬曆皇帝混，也不願想想「人子」義務是什麼？

彼時父親應已從工廠退下，在親戚幫忙下，擺了個小攤子，賣甜不辣、肉圓。據說，初始忙得很起勁，每天早出晚歸，也不喝酒，慢慢才又不行了。他的攤位，我知道在哪，卻不曾踏入一步。某個酷熱下午，我回家拿書，還有些時間，心血來潮竟想看看他。過去後，發現他趴在桌上睡覺，我心裡有些惱惱：「這是要做什麼生意啊？」搖醒他之後，擺著些微臉色，也不想說什麼。

父親見我來了，急忙夾弄一碗甜不辣給我吃。一入口，我就知道不行，「這麼難吃！」難怪閒得打瞌睡了。我努力吃光，父親很高興卻不無尷尬地搶先跟我說：「稍等下課，就會有人客了。」聽入這句話，想到自來愛面子，總像隻驕傲的公雞的父親，竟落到這幅模樣，心事如潮湧，背過身，我眼眶濕了。那夜，我陪了他一段時間，禁不住再三催促：「回去看冊啦，這裡我來就好了。」便走了。離開前，我幫他把髒碗都洗起來。四個。

也是在那一夜，我下定決心結束早已「食之無味，棄之可惜」的所謂「學術」生涯，離開學校，到出版社工作。沒兩年，父親中風倒地。來不及了。

歸去

父親終於死了。在我滿懷罪疚地注視下，走完他的一生。移靈到廳堂後，我幫他拔出鼻胃管，看到墨黑的管線。我顫抖想哭，卻怎麼也無淚。

第一次中風時，他還能走，還能說，遵醫囑再不抽煙喝酒，人整個變得活潑開朗許多。清晨時，常拄著枴杖，到妹妹房間，笑喚她們起床上班。有時還會下樓買香煙偷抽，被發現了，尷尬地笑，像個小孩子，任由我們沒收丟棄，毫無脾氣。

或因如此，儘管他不樂於復健吃藥，我們也不以為意。「生這病，未嘗沒好處吧。」然後，他便第二次中風了。這次，半身不遂，舉步維艱，話也說不清楚。

宛如坐監囚徒。那幾年，日子大約就是這樣過的。起初靠著步行輔助器，還能走到屋後廁所，大小便自理。然後距離逐漸縮短，走不過去了。最後，每天早上我將他背出臥房，頹坐廳堂，打開電視，讓他看一整天。累了，頭垂下，也就睡了。

一輩子愛整潔的獅子座男人就這樣被困在無形的牢籠裡。「大獸」脾氣越來越暴躁，有時心煩，一撇手便將身前小桌整個掀翻，飯菜灑滿一地，嘴裡嘟嘟囔囔不清不楚幹譙著。發過脾氣後，他也知不對，卻無論如何拉不下身段道歉。「幹，死死ㄟ好啦！」沮喪到極點，這樣的話，常從口中迸出來。

我與父親緣淺，也不是不親，面對他，卻總沒什麼話說。當然，從小看他老醉酒誤事，多少有些排斥就是了。父親病倒後，我搬回家住。同為男性，很多私密的事，多半由我侍候。譬如洗滌，幾年裡，我大概為他洗頭、洗澡數百次。直到今天，他的細柔髮質，肌理骨架，甚至皮膚紋路，一閉上眼睛，猶然歷歷在目。說也奇怪，或者肌膚相親拉近距離，加上我的年紀長了，兩人心意終能相通。他一生的困難所在，無解的命途軌跡，乃至作為一個男人的悲哀，我彷彿都懂了。父子之間，遂有了一份難說的親愛。

最後的歲月裡，父親幾乎就是在「等待」，等待「那個日子」的到來。但也並非一無央望。每天坐在電視機前面，他拼命地看政論節目，競選造勢轉播。殘存的生命之火，燃燒僅為了一個願望：「目睭金金看國民黨落台！」為了順從他，我們幫他索綠旗，買扁帽，大姊甚至輾轉託人拿到一本作者親筆簽名且落有上款的《台灣之子》，讓他高興，讓他有氣力活下去！

二〇〇〇年春天，台灣總統大選。已然日薄西山的父親，硬要我揹他下樓去投票。傍晚時分，大勢底定，台灣政黨輪替。有些疲累的父親兩眼散發出興奮的光芒，揮手指著佛桌上一綑鞭炮，要我拿到戶外燃放。他的心情，大概就如光復初期，台灣人對祖國的熱烈期待吧。

隔年秋天，父親過世了。我的錯誤「氣切」決定，讓他受盡了苦楚，幾乎在毫無尊嚴下悲慘呻吟而逝。我的哀傷無可言喻，一想起他就掉淚。直到五年之後，政治形勢逆轉，貪腐現形，傷口方才弔詭地稍見癒合：不用再經歷一次無形的「二二八」，不用親見美夢又驚碎，於他也總算是好的吧!?——被日本人欺壓，被國民黨欺負，最終雖沒目睹，父親確然又被欺騙，且是他最相信、用生命相挺的「咱台灣囝仔」。這件事，那個坐在電視機前奮力搖旗嘶喊的中風老人身影，我一輩子不會忘記！

炒飯

期末。老婆大人忙學生展演。無暝無日。

父子倆自行晚餐。幾乎都在一日式拉麵、丼飯店解決。

店不大，價廉物美，生意還行。一點沒意外，兒子很快與店家混熟。

日籍老師傅一看到他便笑嘻嘻，樂得要上前擁抱他。

昨晚點了一客日式炒飯。老師傅炒得火熱，鍋杓撞擊乒乓響。

「啊，父親當年炒飯，也總是這陣仗！」

或許因為那聲音，炒飯一入口便好吃，有「爸爸的味道」。

於是聊了聊他未曾見過面的阿公往事，兒子聽得津津有味，邊吃邊追問。

「可惜他沒有看到你結婚。」

「是啊，更可惜的是他沒有看到你出生……」

離店時，細雨薄暮，兩人慢慢散步回家。我在心中盤算著，算來算去，此生得見孫子的機率似乎也不高。

「三代不見其大父」，這家族紀錄恐還要繼續下去，再添一代。

倒也沒多少傷感，無非面對接受，用心領取而今現在。於是把兒子的手握得更緊：

「喂！你這笨蛋，過馬路要小心，別亂衝啊～」

早日康復

沒看過他這麼認真畫畫。

「所以，要送給他？」

「對啊，祝他早日康復。」

「為什麼？」

「因為他對我很好，都買禮物給我，還跟我玩。」

「所以祝他早日康復？」

「對啊，以後還可以買禮物給我。」

「這樣好像不太對哩。」

「不會啦，因為我真的希望他早日康復。你看觀音菩薩、釋迦牟尼、地藏王菩薩都來了，還有太陽，能量很強，這樣就可以早日康復了。」

「嗯，我也覺得。」

「對啊，早日康復，送我禮物。」

（挖哩咧，送我禮物不要說了啦。你這金牛座笨蛋！）

菩薩加油

「爸爸，學校有點無聊了哩。」

「怎麼會？八十年老校咧。」

「老師都一直一直講，我只能聽，很無聊哩。」

「而且不讓你講，對不對？呵呵。」

「對啊對啊，還叫我站起來咧。」

「喔，那是罰站吧！？」

「不是啦，才站一下下。」

「那還是罰站！」

「真的有點無聊啦。爸爸。」

「喔，那……請菩薩保佑好了。來，雙掌合十，我講一句，你講一句。」

「菩薩啊～」

「菩薩啊～」

「我是小寶。」

「我是小寶。」

「今天請你讓學校精彩一點。」

「今天請你讓學校精彩一點。」

「我才不會無聊。」

「我才不會無聊。」

「我會好好加油。」

「我會好好加油。」

「請菩薩也要加油。」

「請菩薩也要加油。」

「謝謝菩薩。」

「謝謝菩薩。」

「你看這樣行嗎？」

「應該可以了。」

「你也要加油，不要輸給菩薩喔～」

「喔，好。」

「那走吧。快來不及了。」

反擊

從沒想到，這輩子會為了六十四分而高興成那樣子。

開學兩個月，他對學校沒太大興趣了。主要原因是「考試」，尤其國語，尤其聽寫。

儘管包括老師在內，我們都跟他說考幾分無所謂，不要擔心，盡力學就好了。

近些時候，睡覺前，他常會碎碎唸：「唉～明天又要考聽寫，我壓力好大喔。」初聽不在意，以為他耍賴，幾次下來，每逢考聽寫，走到校門口，他便哭喪著臉，非要我陪他到教室，還哭著不讓我走。知子莫若父：「壓力是真的。」

跟媽媽商量過，也跟老師反映過，但似乎沒太好的辦法。媽媽最辛苦，每晚陪他練習，可考來考去，總是十幾二十分，大人小孩都有點洩氣了，苦撐待變著。

禮拜六他發燒，量完體溫，第一句話竟是略帶興奮地說：「看來我禮拜一不能去考聽寫了。」禮拜天病懨懨，禮拜一請假，昨天生龍活虎去上課，校門口告別：「今天不用考聽寫，真是美好的一天啊，爸爸。」

下午接他才知道，他沒逃過劫數，老師要他跟另一位同學補考，猝不及防，連哭都來不及，誰曉得竟考了六十四分。父子碰面，他歡頭喜臉，一路上樂不可支，最後還跟我說：

「爸爸，我真的好好地反擊了一下。我很厲害，對不對？」

「當然！當然！實在太強了！六十四分咧，以前的五倍啊。」

卻不禁有點心酸：「孩子，真是辛苦你跟媽媽了。可這就是你接下來很長的一段人生啊。」

紙條

「喂，那兩件事都做了嗎？」

「喔，有啦。」

「紙條呢？」

「在這裡！」

「嗯，眼鏡盒找到了？外套也找到了？」

「對！都找到了。找到就劃掉。對不對？」

「好！不愧是我兒子。丟得掉，找得回來。呵呵～」

「爸爸，那我今晚可以去租影片嗎？」

「當然不行！禮拜五才可以租影片的。」

「可是明天媽媽要帶我出去。」

「那就媽媽帶你去租。」

「可是她一定會忘記的啦。」

「喔，那我也寫張紙條給她，讓她不會忘記。」

「沒有用啦，爸爸。媽媽一定會不小心就當廢紙丟掉了。」

「……」

好小子！我十幾年才搞清楚的真相，你六年就明白了。不愧是我兒子啊！

中鋒

「爸爸，我跟你說喔，我們那一隊啊要是沒有我，哼，早就垮了！」

「是～嗎？」

「本來就是。像我今天是中鋒，要防守，還要進攻。我就盤球，衝呀衝，傳給廖偉翔，他就破網得一分了。」

「喔，所以都是你的功勞？」

「對啊，要是沒有我，我們這一隊早就垮了。敵人要進攻，傳來傳去，我就一個大腳把球踢飛了。什麼三年級、四年級，統統被我打倒。我還騎到他們身上咧。」

「那是人家讓你吧？」

「不是。真的，被我飛腳打敗了。要是沒有我，我們那一隊早就垮了……」

結論是：一、孩子，你真是說得一口好球！二、青出於藍而勝於藍，你比

我還會吹牛！

功課

帶你去公園。黃昏的花博公園，太陽將下山，有風，吹得涼了。你已升級，從腳蹬前行的木製「嚕嚕車」升格為黑閃發亮的「捷安特」小越野，儘管還需輔助輪。時日沒多久，你即掌握訣竅，進了公園，大膽加速踩踏，往大象溜滑梯奔去。那裡人多，你想找人玩。

你看上一群四名小孩，兩大一小，另一個年齡與你相若。你向來不畏懼與陌生人言談：「你看，我很酷吧！」你將推上額頭的太陽眼鏡拉了下來，那是媽媽怕太陽惡毒刺眼為你準備的。這樣的開場白當然不被認同。「哪裡酷？笨笨。」

有個小孩大聲說。意想不到的回應讓你有點錯愕，明明爸爸媽媽都說很酷的。「我是世界上最酷的！」你再度出擊。「哈哈哈哈～」大家都朝你笑。你似乎也感覺到那份輕蔑，回頭朝我看。我別過臉，望看遠處天空一點機影漸漸擴大。

四個小孩玩在一起，不理你。你不以為意，跨坐腳踏車上，騎了過去，又嘗試向他們喊話。距離遠了，我聽不清楚。很明顯地，你想融入他們，一起玩。「我可以跟你們一起玩嗎？」『巧虎』DVD是這樣教你應對這種場面的。可我相信你不會這樣說。這半年來，你越發有自己的想法，講自己的話了。

你一試再試，可幾個小孩都自顧自玩，依然不太理睬你。你或許急了，為了引起注意，竟大聲「叭～叭～～」地喊。小孩們受不了，都跑了。你落寞地跑回來。「他們都不跟我玩！」聲音有點哽咽，小手抓撓衣袖。「再試試吧。你要說：『我可以跟你們一起玩嗎？』慢慢說，不要急，他們大概就跟你玩了。」

我也摸摸你的頭，笑著回答，其實一點沒把握。

幾個小孩在樹蔭下撿拾著什麼。你又靠過去了，蹲下來學他們。可你一蹲下，人家就挪走，你不放棄，又靠過去，人又挪，你又靠，又挪又靠，彷彿故意戲弄你。嘻笑聲傳過來，我有點不忍，卻硬按捺住了。最後，你學他們也撿了一根樹枝，前後揮拍。有人來與你對砍了！誰知竟是三人輪流圍鬥，另一個撿拾細物丟你。我擔心那是石子，急忙站起身。被丟的你沒叫喊，判斷當是樹籽，遂又坐了下來。你不停招架，起始還覺得有趣，後來大概發覺其中含有惡意，回身便跑了回來。「他們打我！」你沒哭，卻很有些憤怒。「他們只是跟你玩。沒事，不要生氣，你擋得很好啊。我們去兜風吧！」我學著 DVD 裡「保時捷小姐」邀約「閃電麥昆」的話，逗你開心，帶你離開，去看樹看天空聽聽蟬鳴鳥叫。

孩子，你漸漸大了，慢慢也就有「功課」了。這些功課，我的父親你的阿公慣常稱「宿題」，一宿待解的問題。這些題目，有時是別人給的，有時是自己找的；有時是身體產生的，有時是腦袋想出來的。但無論如何，都是必然的，只要你還活著，總跑不掉。

你的功課，有的我跟媽媽幫得上忙，譬如生病了，帶你去看醫生，幫你付醫藥費。有些卻是我們無能為力的，譬如你很想跟那群小孩玩，想融入其中，跟他們當朋友，你便得設法讓他們感受到你的善意，願意伸出手來接納你。這種事，我插手也沒用，只能看最好不說。

孩子，我當然不忍讓你不快樂，但實在就是這樣的，每個人都有他的功課要做。秋天到了，你就要進幼兒園，功課會更多，所以，我得放些手了。但無論如何，請相信，你受了任何委屈，回到家，總有人可以說，願意聽你訴苦。原因無他，

你是我們的孩子，也就是我們的功課。

人人都有功課。你漸漸大了，慢慢也就有了。人之大患在有其身，可人身難得，解題遂成了一種修行，一輩子的事了。現在講，雖有點早，但「人生海海，有一些事情嘛愛講給你知」，孩子，早知早掌握，也未嘗不好哪。

阿河

今早餐桌。

「欸，昨天忘了跟你說，阿河死掉了。」

「……」

「阿河啊，就是摔倒在哭的那隻河馬。」

「怎麼死了？」

「我們身體有個薄膜，在這裡，把身體分成兩半，上面是胸腔，裝心臟、肺臟什麼的；下面就是胃啊腸子吧拉吧拉。阿河摔倒了，薄膜裂開，肺跑到下面去了，被擠得沒辦法呼吸，就死了。」比手畫腳大概講一講。

「為什麼不救他？」

「大家都沒發現，以為自己會好。」

「他牙齒都歪掉了還流血，應該看醫生啊。」

「……」

「爸爸，他不是會吃蘋果了嗎？」

「所以，大家以為沒事了。」

「可是他可能有內傷啊。」

「……」

「為什麼不帶他去醫院看醫生呢？」

「……」

「……」

久久不響。

「這些傢伙，俺生氣了，俺要把他們通通殺了！」

突然爆出「漢聲中國童話 CD」魯智深的腔調。

——兒子啊，氣歸氣，千萬殺不得啊！

掃把尿

「爸爸，你知道怎麼尿『掃把尿』嗎？」

「什麼掃把尿？」

「就是像掃把的尿啊，可以洗馬桶。」

「怎麼尿？」

「就是要很用力地尿。先把肚子縮起來，再用力向前衝！就可以了。」

「喔。」難怪浴室老有尿騷味，八成是他的練習曲。

「對啊，不信你試試看！」

「我才不要咧，越洗越髒。」

十多分鐘後，把肚子縮起來，再用力向前衝，忍不住試試看。

「還是年輕好。勇猛有力！」結論如此，幾分失落。

找找找

一大早就心事重重，愁眉不展。原因我知道：昨天掉了聯絡簿，這簿子老師可是天天要看的。

「爸爸，你陪我去找吧。」

「自己去就好。下學期了咧。」

「求求你陪我去吧……」哭喪著臉了。

會議室找了又找，沒有！那……

「那我們再去學務處找找看好了。要是找不到怎麼辦啊？爸爸。」

「我哪知道？自己去跟老師解釋吧。」

「……」

到了學務處，喊了「報告」進去，我在門口待著。

老師聽完報告，指著後面一籃失物，要他翻找。

「找到了！爸爸，我找到了！」邊喊邊跑過來，興奮得要命：「我找到我的餐具袋了！」

滿面春風拿著幾個禮拜前丟掉的「湯瑪士小火車」袋子向我炫耀。

「真是太幸運了，今天一定是我的幸運日！」一下子自爽起來，挖哩咧。

「阿聯絡簿咧？」澆你一頭冷水再說。

「喔，還是沒有。真奇怪。」——你才奇怪咧，掉了東找到西。

又去了教務處，再回會議室，還是沒有。時間遲了，最後處置：

一、買一本新聯絡簿。二、爸爸留下來跟老師解釋聯絡簿怎麼不見了？

但其實，至少還有眼鏡盒，以及我忘了的什麼等他去找。

據說，學務處的老師跟他都很熟了……

打敗考卷

「爸爸，我考一百分了！這是大考咧。」

「欸～不簡單喔～還是數學科啊，這個是爸爸跟媽媽的超弱項，這下子我們家有希望了。」

「對啊對啊，我數學很強，超強的！」

「我也覺得，繼續加油！以後你一定很會算錢，不會被騙！」

（突然一陣靜默，然後……）

「爸爸，看來我是真的打敗考卷了。」

咦，怎麼聽起來有種莫名的落寞呢？

哈欠

「爸爸，為什麼一個人打哈欠之後，別人也會跟著打哈欠？」

「喔，這有點難，我不知道。」

「這個啊，就是人類是猴子進化來的。猴子是一種特別的動物，超愛模仿，有一隻做一個動作，其牠猴子就會跟著做……。」

「所以一個人打哈欠，別人跟著打哈欠，就是證明人類是由猴子變成的？」

「對啊，對啊。」

「這有道理喔。《漢聲小百科》寫的嗎？」

「不是啦，是我想的。」

「是你掰的？」

「對啦，是我掰的。哈哈哈哈～」

過了年更會掰了。但，這真是掰出來的？——以後我怎麼對付啊，這小子。

練功

黑暗中，床上父子倆。

「爸爸，今天阿，我們班……」

「九點半，你該睡覺了。」

「爸爸，那我們來說笑話比賽。今天阿，我們班……」

「九點三十五，你該睡覺了。」

「爸爸，我們還沒『每日猜謎』。今天阿，我們班……」

「九點四十，你該睡覺了。」

「爸爸……」

「好吧。看你這麼誠心，我只好教你了。頭過來，我現在把能量灌給你，你別說話閉上眼睛，等一下就可以跟孫悟空和關公打一場了。有沒有感覺頭頂熱熱的？一條熱線往下跑，從脊椎過去了……」

「好像有ㄟ，爸爸，太強了！」

「噓～閉上嘴巴閉上眼睛，不要走火入魔了。」

……

「兒子，小寶……」我推了推，沒反應。「九點五十，我該睡覺了。」

「恁北讀了一屋子武俠小說，難道讀假的!?」睡前最後記憶，不，得意！

旅行，或讀本小說吧！

「如果我在一個地方待太久，我就會忘了自己在哪裡了。」

「所以，你必須旅行，或者，讀一本小說。」

聽到你說出這樣的話，一車子人嚇了一跳。那是我們前往埔里度假，車行高速公路，你不停張望窗外馳逝風景時脫口而出的。後來，大家把這句話當口頭禪了。兩天假期裡，講一講聊一聊，就故作嚴肅說：「如果我在一個地方待太久，我就會忘了自己在哪裡了。」然後，會心笑成一團。

孩子，這也許是你偶然說出的一句話，卻一下子擊到我們這群已很難在生活裡找出新鮮事，老過著單調重複日子中年人的心坎裡去了。將來，你可能也會這樣，先是好奇，充滿發現的興奮，每一步路都有一個色彩豔麗的新天地。隨著時光消逝，這種名叫「青春」的東西，漸漸從你的身上褪去。日子穩定下來，你找到一個工作去做，一個人去愛，結婚生子，成家立業，然後，你的生活便像日出日落那般準時而不停「重來一遍、重來一遍……」——原本是動物的你，漸漸被消磨成植物，像一棵樹且是活得不怎麼好的樹了。

「那有沒有什麼好方法啊？」我知道，聽我這樣說，你肯定問我這句話。我的答案也不例外，還是「當然有！」三個字。你記好了：如果有錢，就出去旅行；沒錢的話，就看一本小說吧。

旅行是一種改變。就像這次帶你去南投玩，白天看山看雲看樹看溪流，晚上有星星月亮螢火蟲。你到處奔跑亂跳，不用怕車子來、人群碰撞。那是你平常怎麼也看不到的景色跟寬闊場所。回來之後，即使又恢復「白天去保姆家，晚上跟著爸媽混」的無奇生活，你卻滿心歡喜，講了好多天。那就是充電哪，孩子，「年輕時的流浪，是一輩子的養分。」你剛出生，便送給你一串念珠祝福的蔣勳伯伯也曾講過的話，我希望你能記住，日後且勇敢去做，那才算真正被祝福到了。

但萬一你沒錢呢？旅行是花錢的事，即使「貧窮旅行」，那也要一筆開銷哪。沒錢怎麼辦？沒關係，那就讀一本書吧。就像你現在要睡覺之前都要讀繪本一樣，讀書可以讓你暫時脫離這個世界，譬如最近我們讀的《胖先生和高大個》，你一翻讀，便可離開這小小的臥房，跑到鱷魚島與胖先生、高大個一起玩一起笑了。《14隻老鼠》更不用說啦，你跟著他們一起挖山芋、洗衣服、看月亮、吃早餐、滑雪橇……簡直就像一家人了哩。

當然，你更大了些，繪本不夠看，無法滿足你了。那時候，你自會找到其它的書來看。那，我也要你記得，有種叫「小說」的書，它可以給你更多的樂趣。尤其當你傷心、不如意，感覺走不下去，一切都很糟糕時，找一本好小說來讀讀，你或者就會發現，這一切實在沒什麼了不起，原來每個人都有他自己的難題。你看到書中人物笑他們哭，你跟著落淚跟著叫。讀完他所經歷的一切，你會發覺，很神奇的，你竟然覺得其實也沒那麼糟糕，又有力氣，又可以再努力了。

孩子，旅行跟閱讀，那是一種需要。人生漫漫，來日方長，總會有疲憊厭倦的時候。你不用逃避更不要退縮，勇敢走出去，或者拿起一本小說，看它個三天三夜，再好好睡一覺。你逐漸硬化了的生活，便會再度柔軟，你又可以吸收了。

孩子，別忘了，這個夏天，我送給你的這兩樣禮物。

竹久夢二
銀河鉄道の夜
夏目漱石
発禁本
発禁本III
地下本の世界
Images of Music

模範生

「開學的時候，我還沒出什麼風頭，但最近可真出了些風頭。」

「真的嗎？譬如什麼？」

「像昨天啊，選上模範生。」

「模範生!?那張獎狀？那是模範生獎狀喔？」

「對啊，品格模範生。」

「所以，你選上模範生了？那應該慶祝慶祝吧！」

「不用啦，這沒什麼，只要乖乖的就可以了。」

「不會吧，要你乖乖也不容易咧。」

「我們這次比較不一樣啦，是老師選，不是同學選的。」

「那如果同學選，你選得上嗎？」

「也可能選不上，因為我的字很醜。」

「字很醜跟模範生也有關係喔?」

「對啊,因為模範生就是大家要學他,如果大家都學他字很醜,那就糟糕了。」

「嗯,說的也是。那老師為什麼選你?」

「因為我的口語表達很好啊。」

「這個應該是像媽媽。我小時候最怕說話課。每次都趕快講完趕快下台。」

「講什麼?」

「笑話啊,就是:從前從前有一個國王,他每天吃八個蛋,所以是王八蛋。」

「哈哈哈哈哈……真的喔,你真的這樣講喔?」

「是啊,趕快講完趕快下台。我不像你那麼會講,你比我強!」

「嗯,所以我現在也算我們班上的一個名人了吧。」

「再把字寫漂亮,應該就可能當班長了吧?」

「我也覺得。字寫好看一點,我想當什麼就當什麼了。」

信心

期末考結束。校門口。下午四點。

「爸爸！我告訴你……」

「數學考一百。」

「對！你怎麼知道？呵呵呵～」

「你昨天不是說過你要考一百。」

「是啊，可是我也可能寫錯啊……」

「我對你有信心！」

「可是……要是錯一題呢？或者忘了寫名字被扣十分呢？」

「哎呀，那就下次考一百唄。我還是對你有信心的啦。」

「為什麼？」

「你自己都那麼有信心了，我當然不能輸給你啊！」

「是喔，呵呵呵……」

「考一百要獎勵，吃個什麼點心吧！」

「麥當勞！」

「為什麼？」

「因為不趕快吃，他們就要跑走了。」

「……」

（我實在不懂，從小防了又防，腦子洗了又洗，他還是愛吃麥當勞。真是哇哩咧……萬惡的麥當勞！！！）

斷掌

明天開學，他第一個暑假到此結束。

假期裡，很噴飯的一件事。

某夜，雷驤老師賜飯。好友S與兒子小S相偕與會。

他長小S一歲，兩人舊識，一碰面便比手畫腳，切磋武功。

因係包廂，吵不到人，遂成「你們打你們的，我們吃我們的」局面。

酒足飯飽歸家後，父子又躺在黑暗中聊天：

「你看小S武功怎樣？還行嗎？」

「不行，根本都亂打！」（一口否決）

「那你呢？你行不行？」

「當然，我是練武奇才！」（自我感覺良好）

「所以呢？」

「他應該學我阿，每天練習，先把基本功練好，才能像我這樣，創造出自己的新招數。」（感覺口沫噴來）

「但他真的一點都不行嗎？」

「也不是，其實我有點怕他！」（呃、呃～）

「咦，怎麼會？」

「因為他是斷掌，我怕會被他打死！」（哇哈哈哈～）

——大人邊吃喝邊聊「斷掌」的話，他都偷聽進去了！

歌仔戲

昨天接他下課，雙城公園正在演戲酬神，聽到鑼鼓聲，馬上跑了過去。

人生的第一齣歌仔戲，看得津津有味。

「爸爸，他們為什麼不用『麥』，拿麥克風也太奇怪了吧！」

（因為他們沒錢，『耳麥』很貴的啊，孩子。）

「爸爸，那個打鼓的怎麼一面打一面滑手機？」

（喔，因為他打來打去都一個調，根本是『卡啦』配音，不滑手機能幹嘛？）

「爸爸，他們講什麼話，我都聽不懂？」

（爸爸也聽不太懂，台語戲文不簡單，你好好上母語課，多講台語，漸漸就懂了。）

這時，一位阿嬤靠過來說：「坐椅子要收錢，一位三十元！」我嚇一跳，他也嚇一跳。

「爸爸，那我們走吧。這個也不是演包青天，坐椅子還要錢，也未免太奇怪了吧？」

「收錢是有道裡的。小時候看這種戲，都要自己扛椅子去哩。」

「真的嗎？扛大椅子喔？」

「不是，小板凳或圓凳子，還沒開演，就要趕快占位子。」

「喔，那太好玩了。那什麼時候會演包青天？」

「包公『狸貓換太子』大多晚上演，暗暗的，才有陰風慘慘的感覺，郭槐才會說老實話唄。」

「對，那會不會唱『包青天』，開封有個包青天，鐵面無私辨忠奸……」

……

蠻好玩的，別以為孩子什麼都不懂，帶他去看歌仔戲，保證聊個夠！當然，之前得先做功課，買套《漢聲中國童話》給他聽才容易入港。

童話短路

「爸爸，你聽過『金斧頭銀斧頭』的故事嗎？」

「沒有。你說說看。」

「就是有一個樵夫到池塘邊砍柴，不小心把斧頭掉到水裡，這時候一個女神出現。拿出一把金斧頭說：『這是你的斧頭嗎？』樵夫說不是；女神又拿出一把銀斧頭：『這是你的嗎？』樵夫說：『也不是，我的是鐵斧頭才對。』女神因為樵夫很誠實，就把金斧頭銀斧頭都送他，他就發財了。」

「不對吧！應該還有。樵夫有個哥哥，很忌妒弟弟，逼問他怎樣發財的？樵夫講出經過。哥哥便也到池塘邊砍柴，假裝斧頭掉到水裡，結果女神沒出現，他只好潛水找回來，再砍再掉，還是不見女神，又潛水去撿……這樣撿了一百次，貪心而且不死心的哥哥終於精疲力盡溺死了。是這樣才對吧？」

「科科科～你亂講，那我也會，應該是這樣。樵夫的哥哥也到池塘邊砍柴，斧頭掉到水裡，女神拿出金斧頭銀斧頭，哥哥說都是他的，女神再拿出鐵斧頭，哥哥說不是他的，女神有點生氣，又拿出一大塊黃金，哥哥說這也是他的。女神更生氣，就說：『你這個愛說謊的人！』把黃金丟過去，黃金打到哥哥的腦袋，貪心的哥哥就死了。」

「不不不，應該是這樣，女神拿出金斧頭，哥哥說是他的，接過來拿在右手，女神又拿出銀斧頭，哥哥還說是他的，左手接過去了。女神再拿鐵斧頭，哥哥說不是他的。女神沒說什麼，讓哥哥回去了。哥哥回到家發現金斧頭銀斧頭都黏在手上，拿不下來，這時候，兩把斧頭好像打開了開關，哥哥不由自主的一直砍一直砍，左砍右砍左砍右砍……把家裡砍得稀巴爛，最後貪心的哥哥就累死了。這個厲害吧!?」

「哈哈哈～太好笑了！那也可以這樣呢？女神拿出金斧頭銀斧頭，哥哥都收下了。女神拿出鐵斧頭時，哥哥也說是他的。女神說：『這個可以還你，不過剛才掉到水裡時，把我腦袋打了一個包，你要賠。』說完就把哥哥抓過來，用力在他腦袋敲一下，貪心的哥哥就死掉了。」

「這未免太血腥了。要改一改，但你有沒有覺得，女神可能是小叮噹化妝的。要不然怎麼有那麼多東西。」

「真的嗎？……」

每天跟他扯，一路亂扯，童話一個個短路，早晚會被兩人掰光光……

生意經

兩個月前，獨角仙死了。

「爸爸，我們可以拿一張白紙，把它釘在上面，再用透明盒子裝起來，明年園遊會時，一隻大概可以賣同學一千吧？」（一千？兒啊，你真想太多了！）

一個禮拜前，孔雀魚生了。

「爸爸，我們要好好繁殖孔雀魚，至少兩百隻。明年園遊會我們就可以賣『撈魚』，撈一次三十元，撈二十隻換三隻，直接買一隻十元。你看好不好？」

「撈網咧？紙撈網很難糊，誰來糊？」

「當然是你跟媽媽啊，美勞課我也可以開始糊了。」

（兒啊，你不只想太多，簡直想很多很多咧。）

今天，他又撿到十塊錢，（我問過了，一、這是校外路邊撿的，可以往口袋放，爸爸規定的。二、他老撿到錢是因為走路都會注意看地上。）

「爸爸，你知道嗎？我今天用十塊錢跟同學買了兩個二手樂高。我拿一個盜版的跟同學換一隻鉛筆，明天還有人要跟我換高級橡皮擦，然後我要繼續換下去，搞不好會換到絕版品，然後……」

「然後有一天你可能你會換一棟大房子給我跟媽媽住？」

「對啊對啊，你不是說過有人用迴紋針換到一棟房子嗎？我也可以啊。」

（兒啊，前提是別老丟東西，要不你可能成了那個「賣牛奶的女孩」了。）

14隻老鼠

來，孩子，讀本書吧！記得，是讀一本，不是九本。原因不是我們非得慢慢讀，非得每天只讀一本，讀完了才能換一本。只要心情好，其實，一天讀九本也沒關係。就像你溜滑梯，可以一溜再溜，溜到累了、高興了為止。只是你還小，還得跟我一起讀。而今天，上了一天班，我真的有點累了。所以，只讀一本，頂多兩本，然後，閉上眼睛，也許你在夢裡又重讀一次，那就是四本，也夠了吧？

那，為什麼說是九本呢？因為我們要讀的《14隻老鼠》總共有九本，同樣的森林，同樣的老鼠，九個不同的故事，這叫做「系列」。若你喜歡第一本，那就可以接下去，繼續參與他們的生活，你肯定非常高興；若你不喜歡，一下子九本，那就有點慘了。但沒關係，先擱下，反正我們家擱著的書很多，不差這幾本。也許將來你突然就喜歡了，畢竟，會長大變化的，不僅是你的手腳身體，還有你的喜好哩。

說老鼠吧。你屬老鼠，我屬老鼠，你的大表哥屬老鼠，阿嬤也屬老鼠。很奇妙，對不？我們一家就有四個人是在老鼠年出生。但，還是比不上日本岩村和朗先生所創作的老鼠家族，他們一家都是老鼠，爺爺、奶奶、爸爸、媽媽，以及十個兄弟姊妹，一窩子在森林裡過日子，「大搬家」之後，「吃早餐」、「賞月」、「洗衣服」、「晚安」、「捉迷藏」、「挖山芋」、「過冬天」，熱熱鬧鬧，快快樂樂，一天又一天過。

有兄弟姊妹當然是好的，可以講話可以玩，一起吵架一起鬧。很遺憾的是，我們家目前就你一個孩子，將來你也許會也許不會有弟弟或妹妹（不過，肯定不會有你要求的哥哥就是了），但無論如何，這件事無法強求，不能像買玩具一樣，給錢就有！

所以，我希望你能放寬心去看，有了，很好；沒有，那就像你常愛說的，也「沒關係啦」。只要能學古代中國詩人陶淵明所說「落地為兄弟，何必骨肉親」，碰得到，合得來的朋友，都可以當作兄弟姊妹看待，不一定非得同一個爸媽才行。所以，你算算看，五個表哥一個表弟、小Q哥哥、小咩妹妹、飯丸姊姊……，加一加，你也有十個兄弟姊妹了。

同樣要放寬心去看的，還是很遺憾，我們家雖然也在森林裡，卻是個水泥森林，你必須要多點想像力（我很高興，你向來不缺乏這能力），才能將大樓變成大樹，馬路變成河流，汽車變成魚、青蛙和蝸牛。所幸的是，就算在台灣，就算在水泥森林裡，我們還是有四季有天空，有雲、星星和月亮，只要你用心去看，注意去找，你就會發現它們的蹤跡。所以，你明白了吧？這就是為什麼我老要你抬頭看天空看樹看鳥、松鼠，要你閉上眼睛去感覺風，要你蹲下身子去看螞蟻、蜥蜴、蚯蚓、蟲，甚至有一次，還叫嚷著要你看看正在大便的隔壁那隻狗的原因。我們一窩子三口也是住在森林裡，也可以熱熱鬧鬧，快快樂樂過日子，就是要多點想像，努力去感受而已。

當然，真實的森林，跟我們的水泥森林，不管氣味、形狀或生活在裡面的東西，都很不一樣。我還是會努力——爬山對我而言，真是件辛苦的事——找機會帶你去看一看，最好還能過個夜。不過，你也得努力，努力多走路，千萬別動不動就耍賴：「我走不動了，爸爸抱抱！」在真實森林裡，這是很可怕的一句話，雖然《14隻老鼠》的老么也會耍賴，但你注意到了嗎？背他的多半是哥哥，而不是爸爸。如同我剛剛所說，你肯定不會有一個能隨時跟著你的哥哥，所以，自己更要努力走路。懂了嗎？孩子。

答案

「爸爸，世界上跑得最快的車是什麼車？」

「爸爸，世界上最可怕的東西是什麼東西？」

「爸爸，世界上最毒的毒蛇是什麼蛇？」

「爸爸，世界上最大的恐龍是什麼恐龍？」

「爸爸，真的有吸血鬼嗎？」

「爸爸，真的有裂嘴女嗎？」

「爸爸，真的有尼斯湖水怪嗎？」

「爸爸，你看過鬼嗎？」

……

兒子啊，世界級的答案，我都可以設法找給你；

真假的事，就很難說了，你老爸活得越久越沒把握哩。

至於最後一個問題，我想……應該看過，且常看到，但大概不是你想問的那種就是了。

日本和尚

「爸爸，『白鷺鷥，當老師』，有沒有押韻？」

「有！」

「那『白鷺鷥，當老師。髒兮兮』呢？」

「沒有！」

最近他迷上押韻，老要創造四句連、五句連，好驕其同學。

「爸爸，你再聽這個：月光光，大和尚。敲鑼打鼓乒乒乓，原來他在娶新娘。這個有押韻吧？」

「哇，這個厲害？你想的？」

「不是啦，我想一半，你想一半。你忘了!?」我早忘了，誰跟你記這些有的沒有的。

「可是，和尚怎麼能娶新娘？有點怪。」

「所以這一首的題目要叫做『日本和尚』，日本和尚可以娶老婆。你很久以前說過的啊。」

結論：這隻不斷加速進化中，我得更專心，花更多時間跟他拉咧才行！

投廢票

不刻意灌輸他政治意見，卻也不刻意要他躲避，大人講什麼，你就聽什麼，不懂就問吧。

有時我迷惑了，也會問他，半開玩笑。

「今年總統我該投誰？」

「投廢票啊。」

「立委咧？」

「投廢票啊。」

「政黨咧？」

「還是廢票啊。」

「你開我玩笑吧!?都投廢票，那我不成笨蛋了。」

「不是不是，是不要投給笨蛋，才投廢票啦。」

「……」

看來多半還是都會投給笨蛋，我想。

新名詞

「爸爸，龍也有精液，龍也有精液喔～」

（我聽錯了嗎？我沒聽錯吧!?）

「什……什麼精液……？」

（我跟他說過了嗎？我沒說過吧!?）

「阿就是精液啊，降落要用的。」

（降落！要降落哪裡!?怎會扯到這個，莫非是新代名詞！哪裡學來的？）

「龍……這個……嗯……那個精液齁……」

（模糊創造空間，想一下，再想一下！）

「阿不就這個，爸爸，跟飛機一樣啦。龍要降落時，打開『襟翼』會比較穩啦。」

哇哩咧，講了半天是這個，都有點手足無措了，我還沒準備好啊。

讓子彈飛一下，別忙著對號入座，確有其必要啊！

（仔細一想，「禍」從己口出，這回去大陸，來去都坐在機翼旁，降落時他問我為何小翅膀會動？我告訴他這叫「襟翼」，還解釋了一番。沒想到的是，我全忘了，他全記得，且現學現用嚇他老爸一跳了。）

一步

「爸爸，我學了一句：向前一小步，文明一大步。」

「喔，不對。應該是：個人一小步，人類一大步。」

「不對，是：向前一小步，文明一大步！」

「你們老師講錯了。這是美國太空人阿姆斯壯登陸月球時講的。他個人踏上月球一小步，卻是人類的一大步……」

「爸爸，你想太多了啦。這是我在學校廁所看到的。向前一小步，才不會尿在地上，那就是文明一大步了。什麼太空人？太空人也不能尿在地上啊。」

「……」

趙子龍

「爸爸，你知道嗎？武器也有分文雅跟不文雅。」

「真的嗎？我都不知道欸。怎麼分？」

「阿就細細長長的比較文雅，很大很粗的就不文雅。」

「所以劍是文雅的？」

「對，劉備雙股劍文雅。」

「那關公咧，青龍偃月刀？」

「那個不太文雅，太大枝了。」

「可是他是關公欸？」

「關公也不文雅，是武器啦，太大枝了，有點粗魯。」

「丈八長矛咧？細細長長的啊？」

「那也不文雅，張飛那麼粗魯，還丈八咧，不文雅！不文雅！」

「所以長兵器都不文雅？」

「不是啦，你看黃忠的長刀，就還算文雅。」

「還有誰？」

「當然是趙雲了，像書生，長槍也非常文雅。」

「總之，趙子龍天下第一就是了？」

「對啦！對啦！」

可是你是大人

「爸爸，我走不動，我累了。」
「怎麼會？才這一點點路。」
「我真的累了。我腳痠。」
「可是我都不累啊。」
「可是你是大人，我是小孩啊。」

孩子，幾個月之前，我回到了小學母校。讓我驚奇的是，四十年過後，我讀五年級時的那間教室居然還在，未曾改建。當然，課桌椅、門窗都有不同，空間配置則始終如一，講台、黑板依舊。教室門鎖著，我進不去。從窗戶窺探，心中有一種親切的熟悉感。看著看著，卻似乎有點不對勁，一時也不知為什麼。看了很久，終於瞭解：我長大了，教室變小了。以前覺得很空曠的教室，現在看起來，竟有些狹小了；記憶裡很高很寬的黑板，如今也不算大了。

人都是以當下的尺度在丈量世界的。孩子，每個人心中都有一把尺，這把尺跟別人的都不一樣，並且隨著時間、地點，甚至心情不停在變化。你長高變胖一點，多讀一些書，多旅行一些地方，長一些見聞，這把尺便會伸縮一些。想想看，人人都有一把，人人都不一樣；隨著高矮胖瘦、喜怒哀樂不停變化刻度，那是多麼有趣的一把尺啊！

但也因此，問題來了。到底誰的尺、什麼時候的尺才是真實的呢？

孩子，這個問題有點複雜，一下子也講不清楚。我只能先告訴你，因為每個人都有一把尺，都在變化著，所以當你要丈量這個世界的萬事萬物時，一定要記得參考一下別人的尺。這樣說，你也許不太懂。舉個例子吧，我很大隻，你很小隻。從家裡走到捷運站，我覺得沒什麼，可你就累壞了。這時候，我該不該聽聽你的話呢？當然要！若不聽聽你的話，強迫你繼續走。那樣就不公平了。不是嗎？

只要還活著，人就要判斷、做決定。尤其等你長大之後，更必須自己判斷什麼事是對的、該做的；什麼是錯的、不該做的？所謂判斷，就是拿一把尺在丈量這個世界。我很想卻實在無法告訴你，日後該如何下判斷？一來時空不停轉變，現在行的，將來未必還行；再者，人生是你的，就該由你自己來判斷、來走，我不能老抓著你的手不放。不過，有件事卻是我要再三叮嚀的，在下判斷之時，若事情牽涉到別人，尤其跟「公平正義」有關，我希望你一定要聽聽那些不如你幸福、不如你強壯的人的看法。

孩子，慢慢你會發覺，這個世界上有許多人不如你，他們或者因為環境不好、或者因為身體障礙，無法與一般人競爭。他們也都有一把尺，也想用自己的尺去丈量世界。世界卻不一定會注意到他們、聽從他們。也因此，相對幸福、強壯的你，一定要看看他們的尺，站在他們的角度，用他們的心情，聽聽他們的話，然後判斷什麼是真正的「公平正義」？若做不到這一點，你自己的那把尺，也就沒有意義，很快會生鏽斷裂了。

「若要在高聳的堅牆與以卵擊石的雞蛋之間作選擇，我永遠會選擇站在雞蛋那一邊。」這是日本小說家村上春樹的名言。我不會指定你非「站在雞蛋那一邊」不可。不過，孩子，我堅持你無論在何時何地，一定要聆聽「雞蛋」的心聲，細看他們的那一把尺！

羅馬人

「爸爸，一個禮拜的開始為什麼是星期日？」

「喔，羅馬人搞的。」

「所以羅馬人不信基督教？」

「剛開始不信，還把耶穌抓去釘在十字架上。後來就信了。」

「為什麼？」

「被耶穌感動了吧，耶穌是很慈悲的人。」

「那他們應該把禮拜天改回來啊。」

「改回什麼？」

「改回一個禮拜的最後一天啊。」

「為什麼？」

「因為我們老師說《聖經》說上帝創造世界，花了七天，第七天很累，要休息一天，所以那是最後一天才對啊。」
「嗯，有道理！」
「真不知道這些羅馬人在想什麼？」
「下次碰到問問他們吧。」
「怎麼可能？欸～那是很久很久以前的事好不好？早就死光光了。」
「可是羅馬還在啊，住在羅馬的人就是羅馬人唄。」
「你又在呼弄我了，那是他們的祖父的祖父的祖父的祖父的祖父……弄的好不好？」
「你還記得那本書啊？」
「對啊，我超愛那本的！」

逃生

「我看我們家要有第二逃生口才行。」看完《漢聲小百科》消防篇，他有意見了。

「嗯，我也覺得，陽台鐵窗要改一改，反正你長大了。」

「但是，爸爸，萬一我們家失火了，我得先逃出去找親戚……」

「嗯，也對，你動作靈活，逃得快。但找鄰居就好，找親戚幹嘛？」

「因為親戚會撫養我長大啊。」

（所以……我們，喔，夫妻倆已葬身火窟就對了。那我得爭一爭，日頭赤炎炎……）

「那為什麼是你先逃，我或媽媽也可以啊。」

「不行！要我先，你們兩個不行！」他特別堅定。

「為什麼？」

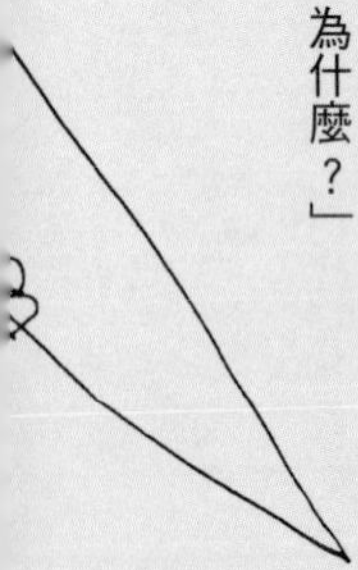

「因為你們不會生啊，我才會生！」
「什麼？你講清楚一點……」
「因為，我會生～你們兩個年紀太大，不會生了，逃出去也沒用。我年紀小，親戚撫養我長大，我就結婚再生小孩，我們家才能繼續活下去啊！」
我從電腦抬起頭，看著他，不免「傷心」也欣慰地想：「兒啊，你也太冷靜，想太遠了吧？」
此後，我一定要特別小心火燭，注意用電安全。因為——我不會生了！

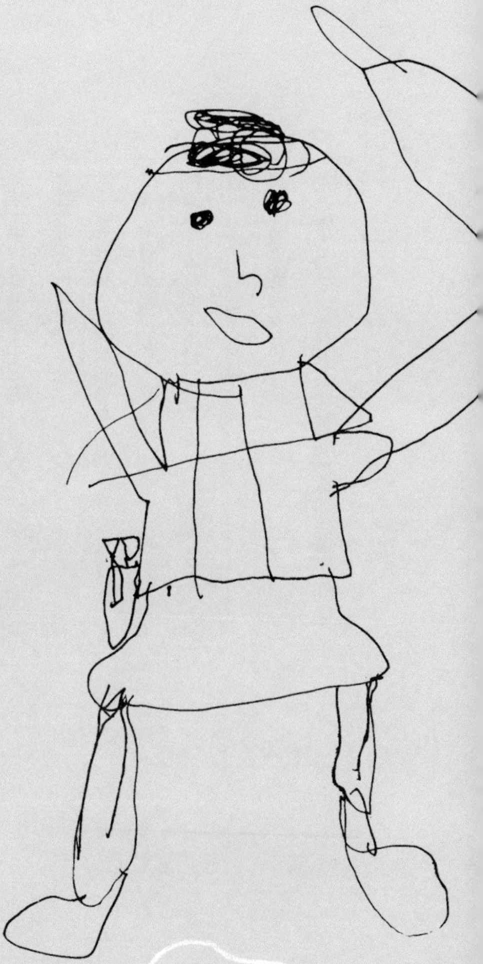

獅頭

台灣過澎湖。終於學到弄獅。

「爸爸，我覺得我們家應該買個獅頭。」

「要獅頭幹嘛？」

「你不是說以前過年舞獅可以賺紅包嗎？」

「那誰當獅頭？」

「當然是我啊，我練過了啊。」

「你會不會把紅包吞下呢？」

「不會啦，我們平分就好。」

「喔，獅頭一個多少錢？」

「好像要兩萬兩千元。」

「那還是算了，我們鐵定連顆獅頭也賺不回來。」

父子臨睡閒話到此告一段落。

雄三

「爸爸，雄三飛彈很強嗎？」

「還不錯吧。」

「那我們就全台灣都部署，中共飛機一來，就把它打下唄。」

「喔，這也行，但很花錢。」

「沒關係啦，不過千萬別部署雄一跟雄二。」

「為什麼？過時了嗎？太老舊？」

「不是不是！熊一就是雄大，他和熊二都是中國出產的，光頭強什麼祕密都知道了，沒用的啦。」

「……」

——果然，過了暑假，升中年級，長高長胖，也更會「練孝維」了。

颱風快來

今早叫他起床。

「不公平！我連讀了六天，才放一天假！」

「那這禮拜咧，禮拜四開始放，讀三天放四天。還不夠好啊？」

「……」

繼續在床上翻滾，若有所思，忽然興奮地說：「爸爸，如果颱風趕快來，至少禮拜三、禮拜四、禮拜五、禮拜六、禮拜天，那我就可以放五天了欸！」

「……」顯然我家沒有納爾遜。

此時此刻，照情勢判斷，兒子啊～你肖想的美夢，越來越有機會成真了。

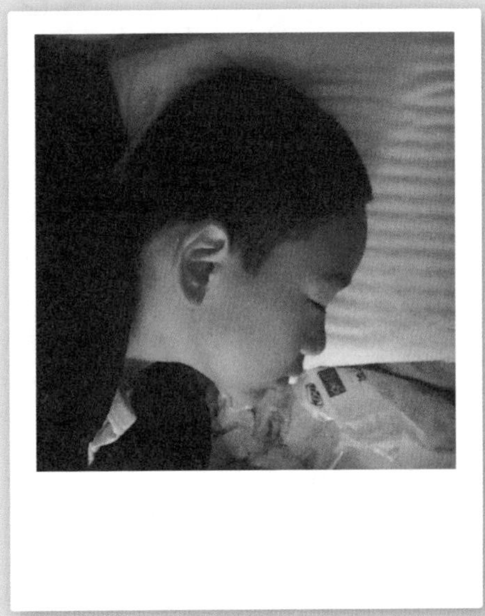

太空船

「兒子啊，以前去行天宮，你常跟我說：『爸爸，這人很可憐，我們給他一點錢吧！』現在怎麼都沒有了？」

「我們現在比較少去啊，而且可憐的人好像都不見了。」

「是你沒注意吧？現在老想別的事，神奇寶貝、妖怪手錶什麼的。」

「嗯，也對啦。」

「兒子啊，你還是要多注意可憐的人，多幫助他們。不一定是錢，有時候跟他們打個招呼，笑一笑也好。」

「笑一笑也行喔。」

「是啊，你這麼可愛，笑一笑，他們應該也會快樂一下吧。」

「真的喔，那樣也會好心有好報嗎？」

「也可能有，但不一定。不過，幫助人不是為了好心有好報。」

「那是為什麼？」

「喔，那是為了蓋一艘太空船。」

「蓋太空船？」

「對啊，因為地球很可能會毀滅，現在不是氣候異常嗎？颱風那麼多，地球暖化，北極熊都無家可歸了……」

「嗯，地球越來越熱，有一天就爆炸了。」

「那時候，想逃命就得有艘太空船才行。」

「這跟幫助可憐的人也有關喔？」

「是啊是啊，最厲害的太空船是無形的，看不到摸不到，必須要用很大的愛心才能製造出來。你常常幫助可憐的人，就是在蓋太空船。」

「可是，到時候要怎麼發動？」

「喔，那得靠念力，你要練習專心，很專心，非常專心。到時候，心裡動一個念頭，那艘太空船馬上會送你到幾億光年之外的浩瀚宇宙去了。」

「這是任意門啊！像小叮噹那樣？」

「比那個還厲害！你幫助更多人，太空船就會蓋得越大。到時候，爸爸媽媽姑姑……大家可能都要靠你載咧。」

「你們自己也要蓋啦，那樣就可組聯合艦隊，大家一起去！」

「嗯，那就叫做『超宇宙無敵愛心聯合大艦隊』好了。」

「這名字有點遜芭樂哩。」

「喔，那你自己想一個，『連夢』跟我說。今晚到此為至，該睡了！」

「好……太空船是真的嗎？爸爸。」

「千真萬確！我只跟你說，連媽媽都還不知道。」

其實狗也是人

「爸爸，其實狗也是人阿。」

「喔，怎麼說？」

「他如果站起來就跟我一樣了阿，你知道嗎？」

在公園裡，看到一隻狗人立之後，你興奮地這樣跟我說。孩子，我真高興你也看出了這件事。其實，不僅狗也是人；人，也是狗。我們都屬於「哺乳動物」，是一個家族。還有貓、牛、馬、羊、豬……這些你比較常看到的動物，也都是。要是人也四腳落地趴著走，像你常常玩的那樣，就更像了。

這些動物跟人本來感情很好，大家都生活在一塊，卻因為人的智力比較高，便想辦法利用這些動物，擠牛奶、羊奶喝，要牛、馬耕田拉車，最後甚至還把他們宰殺吃下肚；貓和狗則成為「寵物」。寵物你知道嗎？孩子，就是隨意擺佈，只要自己開心，想要怎樣就怎樣。不開心，不好玩了，就丟掉，讓他們成為無家可歸的流浪動物。孩子，你不要皺眉頭，這個世界真的就是這樣。

更糟糕的是，這些動物，除非逼不得已，他們幾乎都不會任意殺害同類，也就是說，貓不殺貓，狗不殺狗，連你最不喜歡的大野狼都不會殺害自己的同伴。可是，人會！人常常為了一些莫名其妙的原因，用各種奇奇怪怪的方法殺害人，包括老弱婦孺。孩子，你不要害怕，也不要難過，爸爸不能永遠陪著你，所以得讓你知道，真實的人生就是這樣：有好也有壞，有善也有惡。《三個強盜》可以是好人；說自己是「世界警察」的國家，殺起人來，可一點也不手軟！

跟你講這些，孩子，我注定要被媽媽碎碎念了。但我不能不早點告訴你，我希望你懂得「尊重生命」，不僅尊重人，也尊重一切活著的東西。這個地球，絕不屬於我們人類，而是我們屬於這個地球。也就是說，地球是媽媽，我們跟貓、狗、牛、羊……一切生物，都是她的小孩，我們沒有比其他小孩更高貴、更重要一點，所以得跟他們分享媽媽所給予我們的一切：天空、水、空氣，更重要的，土地。

孩子，你很快就長大，也很快會跟人交往，融入社會之中。你會碰到男人女人，老人小孩，富人窮人，好人壞人，黃種人白種人黑人紅人……。但我希望你除了瞭解作為一個人，那是多麼難得、多麼有趣的事之外，還能隨時記得，自己是動物、是生物。因為是動物，所以要走要動，要常常走出戶外，四處去旅行，去接近大自然，回到「地球媽媽」的懷抱；因為是生物，所以要尊重一切的生命，不要輕易去傷害他們。傷害了他們，其實也就傷害了自己哪。

舞痴

「你今天看到林老師了？」

「嗯阿。」

「感覺怎樣？」

「跟照片很像。」

「阿照片不就是他？」

「對齁～難怪很像。」

「你看他功力如何？」

「哈，他坐輪椅，七十歲了……」

「他很會跳舞，舞功高強！」

「會嗎？聽說他是舞痴。」

「痴痴跳了一輩子，所以很會跳唄。」

「是音痴的痴啦，他
只會編舞不會跳舞。」
「真的嗎？」
「我聽到有人說。」
「林老師說請你喝珍珠奶茶以後你就是他們雲門的人了。」
「可是後來是媽媽付錢。而且不太可能。」
「怎麼說？」
「我要跳的是街舞，跟他們那種不太一樣。」
「跟 Twice 比，誰比較強？」
「當然嘛 Twice！」

寶藏

「爸爸，我這次到日本只要買到 TWICE 的專輯跟正版戰鬥陀螺就可以回去了。」

一個地方一層樓一次買足。

「兒子啊，明早該搭頭班飛機回去了吧？」

「不行不行，我明天還要來，我們每天都要來扭蛋，還要打個機台才行。

怎麼有這種地方啊？」

「什麼地方？」

「好像挖到寶藏說。」

——兒啊，差別是這裡的寶藏，個個得你爹拿錢去贖哩。

LEGO

到底幾分

「考得怎麼樣啊？」

「爸爸，我告訴你喔。這次我們班沒人考一百……」

「啊你考得怎樣？」

「而且啊，九十分以上的只有五個，只有五個欸……」

「別啦咧，考得怎樣!?」

「還有人只有考六十二分，只有六十二分欸……」

「你。到。底。考。幾。分。啦？」

「喔，八十九分啦，不錯吧？我覺得這樣已經很不錯了說……」

「嗯，還行，下次直接報分數！」

好小子，一轉眼你就學會鋪陳了，又不是寫小說！

生日假

昨晚的事。

「爸爸，我明天可以不用去上學嗎？」

「為什麼？」

「我生日啊，應該可以休息一天了吧？」

「喔，馬英九生日他有放假一天嗎？」

「我不知道。」

「沒有！那蔡英文呢？」

「應該也沒有吧。」

「對！我這輩子知道的，只有一個人生日，不只他自己，連我也可以放假。」

「誰!?」

「蔣總統。其他什麼馬總統蔡總統阿扁總統阿輝總統，統統不行！」

「那蔣總統現在呢？」

「死了！」

「所以我還是得去上學？」

「對，只要不是總統，又不姓蔣，生日都要上學！」

就是想放假

放學回家路上。

「兒子，我看有點不妙。」

「怎麼了？」

「雨越下越大。」

「對啊，今天白天下得少，這下子通通要下下來了。」

「希望不要大雨成災。」

「嗯，我看萬一大雨成災的話，明天應該就不用上學了。」

「……」

看著他，我想起幾句老歌詞：

不論人家怎麼說我，我為明天抱着希望；

雖然煩惱圍繞着我，我不能沒信心！

ANA 7826

三點蟹

睡前。他很興奮。

「爸爸，你知道嗎？我今天吃螃蟹學會了一招。」

「什麼招？」

「如果我有一根棍子，就可以拆掉你的關節了。」

「挖～這個厲害，怎麼拆？」

「你手伸出來，我把棍子放這邊，成十字型，再從這裡用力一折，你的關節馬上被我拆掉了。你要不要試試？」

「我才不要咧！！！」

我邊看他示範邊想：拆掉關節後，是否把我的手也給沾醋吃了？

——吃「三點蟹」吃成這樣，夠恐怖的了。

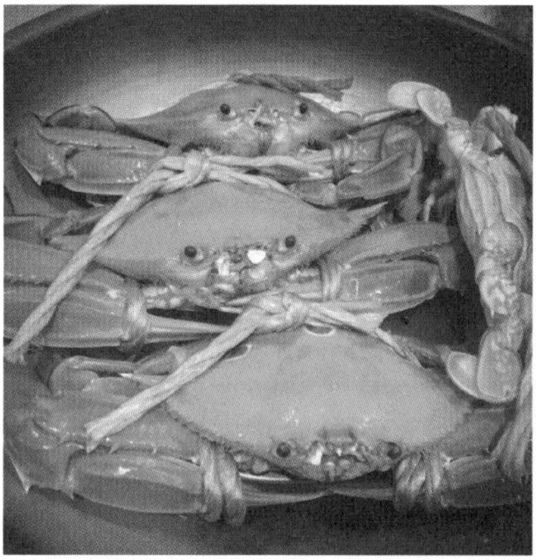

四歲

「小朋友你幾歲了？」

「我三歲十一個月，明天生日，就可以說四歲了。」

「恭喜啊，記得這麼清楚？」

「對啊，這樣才可以收到很多禮物啦。」

所以，到了今天，你就足足四歲了。孩子，今天蘇飛阿姨幫你辦生日Party，你笑嘻嘻帶回家的大紅氣球上面的「4歲」，寫得像是「千歲」，看得我不禁笑了起來。四歲很快，千歲彷彿很久，但若真計較起來，同樣也是剎那間事，尤其跟我們這顆存在已四十五點四億年的古老星球相比的話。

自然，你現在只需知道「四十五點四億年」是很久很久就行了。但你或者要對一千年感興趣。一千年到底多久？我算給你聽，一代是三十年，三十代也就差不多一千年了。什麼叫一代？我跟你，你是一代，我是一代，也就是說，你、我，加上阿公，那就是三代，我們三個人加起來，大概可活過一百年。十個三代就是三十代了。更簡單的說，你把「爸爸的爸爸的爸爸」唸三十次，那就是一千年了。

一般說來，三代同堂是很正常的。也就是說，你應該可以跟阿公相處一段時間的。很可惜的是，我們家人丁單薄，有時遭逢天災，有時因為人禍，已經「三代不見其祖」了。你、我都沒見過我們的阿公，就連你的阿公也沒見過他的阿公。這不能不說是一種遺憾。幸而，你到我們家時，我已經四十八歲，勉強湊

一湊，也可以身兼二職，當你爸爸也當你的阿公了。呵呵～

你四歲了，孩子，按照傳統算法，你虛歲有五，可以啟蒙了。我於是不免想讓你知道一些家族的事情。我們這家族大概是在乾隆年間從大陸福建移居到台灣的，祖先們搭船過了黑水溝，順著淡水河往上走，在大漢溪靠新莊的地方上岸，跋涉到「山腳」——也就是今天的泰山——落居，然後不斷繁衍，往外擴散。到了今天，總也有九代，甚至十代以上了。每年清明節，我回泰山祖墳祭拜，總會訝異怎麼有那麼多人從北港從花蓮從宜蘭……從台灣各地回來掃墓。而這些素不相識的「陌生人」，其實都跟我們有血緣關係，來自同一個祖先。這不是很神奇的一件事嗎？

雖然我不想把許多不必要的束縛強加在你身上，孩子，但我希望你能明白的一件事是，就算路上隨便碰到的陌生人都可能跟你有血緣關係。甚至一直往上追追追……，追到一百萬年左右（那是一千個一千年，唸三萬次「爸爸的爸爸的爸爸」），全世界的人類都源自同一個祖先。也因此，儘管我們家人丁單薄，你又是獨生子，但只要能像古代中國詩人陶淵明所說「落地為兄弟，何必骨肉親」一樣，把碰得到，合得來的朋友，都當作兄弟姊妹看待，那你也就不孤獨了。

孩子，四歲生日這一天，你收到許多禮物。但我知道你更想要的或許是一個弟弟或妹妹。這禮物將來會不會有？我也不知道。但今年肯定是落空了。人生很多事無法如意，但總可以彌補，就像「爸爸」也能當「阿公」看待，只要你放寬胸懷，張開雙手，好好結交朋友，其實你會有很多兄弟姊妹，且竟都是來自同一個祖先的。這樣也很好了。不是嗎？

童星

他跟媽媽出去一整天，晚上十點多了才回到家。

「很辛苦吧？」

「不會，爸爸，我賺到錢了。我可以請你跟媽媽吃飯，嗯，吃五百塊差不多就好了。」他興高采烈卻始終保有「金牛座」本色。

「喔，人家還給你酬勞啊？」我故作驚訝狀。

「對啊，一開始就說好了。」我心裡笑了，應該是「一開始你就問人家：『你們會給我多少錢』才對吧!?」

「你喜歡嗎？」

「喜歡！爸爸，我真的超愛拍電影的。」這「真的」不是因為有錢拿，據媽媽說，他很認真，有個鏡頭連拍了五次才拍成，可他一點沒不耐乃至耍賴，表現很好！

但也就這麼一次了。孩子。

這次放你出門看世界，是讓你去看看拍電影到底怎麼回事？體驗過，那就夠了。我沒要當「星爸」，媽媽也不想當「星媽」，你也不用當「童星」。真要有興趣，那就別忘了電影這件事，多看多讀，等你長大了，想演電影想拍電影，你有本事，隨你！

友人要拍一部微電影，跟文學有關，欠一名小男孩，想到了他，要他去試鏡，一試而成。夏日漫漫，排戲演戲，很辛苦卻也是小小人生一次難得經驗。——沒想到的是，一見面居然就大聲問「會給我多少錢？」「超尷尬的，搞不好人家還以為我教他的。」試鏡回來媽媽無奈地說。

我是台灣

他泡澡，我在浴室門口讀我的「池波正太郎」。

「爸爸，我跟你說，我就是台灣ㄟ。」他興奮地說。

「喔，怎麼說？」我頭也不抬。

「我弄給你看！」潑地跳出浴缸，像隻小猴子。

「ㄟㄟ～等一下，地上會弄濕。」急忙拿大毛巾整隻包起來。

「爸爸，你看！這是鼻。頭。腳。台灣最北邊。」他指上指下說。

「嗯，有意思。那最南邊呢？」

「你看，耳。鼻。……」他繼續指。

「鑾咧，鑾在哪裡？在哪裡！」我樂了。

「這裡啊，這裡啊，哈哈哈哈～我有兩顆蛋蛋，蛋就是卵，這樣就有了，耳。卵。鼻。」

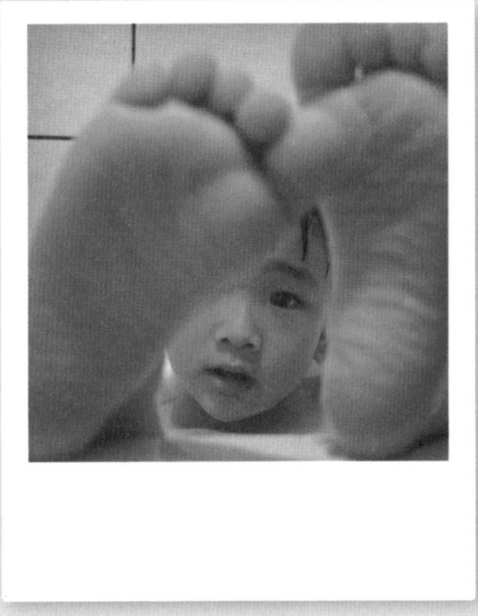

「……哇哈哈哈～」

「我。是。台。灣！台灣要倒了，你要接住喔～～～」他傾身旁斜。

嗯，兒子，你果然是台灣，但千萬不要倒啊！

真大吉祥

大姑姑到姬路訪舊。歸來於機場買了套忍者衣送他。

他興奮得吱吱叫，立刻換上，在大鏡前顧影自憐了半天，跑出來擺架式：

「爸爸，你看像不像？」

「很像！」

「可是我不喜歡頭上兩個角，應該壓下去才對。」

「這樣也很好，小忍者都是這樣的。你耍個雙節棍看看。」

「啊殺～啊殺～……」

「欸欸，小心點，別摔個四腳朝天，成大字型了。」

「呵呵，沒關係，那就叫『真大吉祥』啦。」

「……」

是這樣用的嗎？聖嚴師父的「真大吉祥」。

囝仔仙

「爸爸，每次都我問你，這次換你問我，這樣才公平。」

「喔，可是我問的題目都很大。」

「沒關係，我很強，我可是我們班最強的咧。」

「好吧，那就請問，地球到底會不會毀滅啊？」

「嗯……應該會，大概那個五百萬年以後，不過也可能早一點。」

「為什麼？」

「因為要看人類自己啊，很環保就晚一點，不環保像亂丟垃圾什麼的啊，那就早一點。環保救地球，你都不懂啊？」

「明天可能嗎？」

「也是有可能的啦，地球人全部一起亂丟垃圾，還有那個什麼核電爆炸啦，地球就掛了！」

「那外星人不來救我們嗎？」

「當然不會！這是地球自己的事，他們還會偷笑。」

「笑什麼？」

「他們不用打，地球就毀滅了啊。外星人都嘛想毀滅地球。」

「糟糕，那觀音菩薩會不會來救？」

「也不會，自己搞壞的，觀音菩薩也沒辦法救。」

「可是這樣不公平ㄟ，努力做環保的人也同歸於盡，死光光了。」

「不會啦，爸爸，你忘了還有地藏王菩薩，他會讓做環保的人上天堂，不做環保的下地獄。那就公平了啦。」

兒啊，謝謝你告訴我這麼多，我今天才知一、養了半天，養出一尊「囝仔仙」。二、我要努力做環保，免得下地獄！

龜姊

家中最近經常出現類似「雲母片」（或海苔片）的神秘東西。太座撿到，他撿到，我也撿到。

薄薄一片，上有黑褐雲紋，半透明，質軟可彎曲。

「爸爸，這難道是老天爺送給我們家的寶貝嗎？莫非我們發財了！？」滿腦子《漢聲中國童話》的傢伙作起夢。

「也或許是外星人不小心留下的，搞不好是他們的手機咧。」愛玩我就陪你玩，搞得更大。

「你這也太誇張了吧，是要怎麼打？」如今唬他不太容易。

「分析追查看看吧！」

父子倆嘰哩咕嚕分析了大半天，還是沒結果。直到第二天，餵小龜吃東西，翻轉身軀，方才恍然：「烏龜也是會長大的！」背面的殼會一點一點地長，腹面則是用褪的，像蛇一樣，新的長成，舊的便褪落了。小龜四處爬，「雲母片」自然到處有了。

林小龜來我家，算算一年多，流浪龜成了家龜。一年裡，看牠下蛋冬眠、看牠吃睡拉撒，真是增長了許多見聞。

「我應該叫牠龜姊，因為啊，一、牠會下蛋，所以是女的；二、牠這麼大隻，至少十歲了，比我大。所以我們一家四口，兩個男的，兩個女的。」他分析說明。

五人聯盟

他泡澡，我看書。

「爸爸，你知道為什麼正義聯盟、復仇者聯盟都是五個人嗎？」

「什麼正義聯盟、復仇者聯盟？」

「正義聯盟就是超人、蝙蝠俠、神力女超人、水行俠跟閃電俠；復仇者聯盟是，鋼鐵人、美國隊長、黑寡婦、雷神索爾、綠巨人浩克，都是五個。」

「怎麼沒有蜘蛛人？」

「蜘蛛人是獨行俠啦。我是說為什麼是五個，不是四個或三個？」

「他們感情好嘛。」

「不是啦，我是說為什麼聯盟都是五個，像三國的五虎將也是五個阿。」

「喔，為什麼？腦筋急轉彎嗎？」

「不是，是真的。」

「嗯……這個，ㄟ都，就配合五行嘛，金木水火土，世界就是由這五樣元素組成的，所以……算了，我掰不出來，我不知道。」

「哼哼哼～我就知道你不會，告訴你吧，因為五根手指頭緊緊握起來就是一個拳頭，才可以打敗敵人，連這都不知道啊你。」

「狂新聞說的？」

「不是啦，我自己想的。剛剛泡澡泡得很舒服就想到了。」

「喔，這個蠻厲害的！泡澡這麼好，那起來，換我泡！呵呵～」

（原來他泡澡還有在動腦筋，跟阿基米德一樣，會不會有一天也裸奔上街啊？）

堅持的島嶼——給小寶

孩子，讀本書吧。你現在才四歲，還讀不來，長大後，無論如何，希望你能把這書讀一讀。一個人活到九十多歲，回過頭來把他的一生說給你聽，將近百年的生命，這不容易，肯定很有些智慧，值得你豎起耳朵，好好聽一聽，想一想。

堅持你讀這書，不為什麼，乃因書中所說，與你所落地立足的這塊島嶼至關重要。

我們這塊島嶼，原本或無人，成千上萬年前了吧，最早一批祖先從南方島嶼飄洋過海到了這裡，居住繁衍，在平原在丘陵，沒人比他們更早到，所以被稱為「原住民」。

然後，幾百年前，或因貧窮，或因飽受壓迫剝削，或因想追尋更美好的生活，另外一批祖先從西邊的大陸，驚險渡過黑水溝，也來到了這塊島嶼。他們人雖不算多，可是相對「文明」，或說熟稔殺伐之事（孩子，你千萬記得，文明與殺伐原是兄弟，不要被欺瞞了），為了地盤、為了生存，不斷欺掠原住民，不順從的，最終都被驅趕到高山峻嶺之間了。

由於土地肥沃，氣候宜人，於是一批又一批的祖先，絡繹不絕由大陸，由海上來到這個「美麗島」。這些人包括日本人、荷蘭人、西班牙人、漢人……他們的相處模式，無非「強者壓榨弱者」、「後來的欺壓先到的」，先到的，或者屈服，或者起而反抗，遭到殺戮，葬身這塊土地，因為對於這塊土地曾懷抱有夢想與希望，遂都成為我們的祖先了。

孩子，我希望你記住，祖先不一定得有血緣，移居這塊島嶼，愛過這片土地，譬若那個大鬍子馬偕醫師，儘管種族不同，你也可以、也應當視他為父祖之輩哪。

較近也可能是最大的一批移民，在一九四九年前後，隨著國民政府來到了這裡，總數約有一百萬，你稱他為「爺」的老詩人周夢蝶就是其中之一。他們跟所有的祖先一樣，從不適應、衝突，到落地生根，後來也都成為台灣人了。一九九〇年代以後，又有許多來自南方的女子，遠嫁到我們這裡，成為新的成員。你的幼兒園同學裡，不少人的媽媽即是。

孩子，講這麼多，我所想告訴你的僅有一件事：我們的島嶼從來都不單純，人種不單純，文化不單純，甚至我不諱言跟你說，我們都是「雜種」，身上多少流有不同族群的混雜血液。而我們的共同價值，也是經過幾百年辛酸血淚，犧牲奮鬥，方才一步步摶成的。我們堅持言論與信仰自由，我們講究公義，我們追求人道，我們希望下一代能免於恐懼、免於匱乏。凡此種種，或可稱為「作為一個人的價值」，如今（我但願未來也一直都是）被視為稀鬆平常，像呼吸像喝水一樣自然，其實得來並不容易。

而史明先生即是耗盡他一生的氣力，直到九十幾歲的今天，還持續不懈為此努力的老前輩。他的一生，當過形式上的日本人，也曾被劃歸為中國人，可親眼所見，親身經歷，最終讓他決定要當一名台灣人，追求一個新而獨立的台灣共和國。他的這一堅持，有些人贊成，有些人保留（包括我），有些人反對。但他總不灰心、不冷卻，九十多歲了，依然熊熊燃燒。

孩子，希望你讀這本書*，絕非想將任何意識型態加諸你身上，而是透過史明先生的一生志業，讓你更深入瞭解我們這塊島嶼的複雜歷史根源，一如我也希望——若有機會——你也能讀讀另一位老先生王鼎鈞的四冊回憶錄，以及原住民老太太林香蘭所撰寫的《流轉家族：泰雅公主媽媽、日本警察爸爸和我的故事》，以便瞭解威權統治對於個人、家庭，對於這塊土地的傷害，乃是不分族群的。有了這種理解，日後面對「作為一個人的價值」可能受到任何傷害時，你方能有足夠的勇氣，一步都不退讓，起身捍衛。而這，便是真正獨立的台灣人了。

國家是形式，後於人的存在。當然，形式往往也會決定內涵，但若一時無法兼顧，孩子，我但願你能捨形式而取內涵。畢竟你的祖先在形式上曾不由自主地被冠上這個那個標籤，可因我們堅持價值的追求，終於還是突圍而出，有了今天的成果。玫瑰叫不叫玫瑰，依然芳香如故。但若缺少了這種堅持，就算夸夸自稱「台灣之子」，終究還是不行，轉成笑話了。——孩子，讀這本書吧，請用心理解然後堅持住作為一個台灣人的價值！

＊史明《史明口述史》，台北：行人出版社。

青年節

今早他看月曆。

「哇，今天青年節，什麼是青年節？」

「青年的節日啊，以前可以放假一天。」

「兒童也可以？」

「都可以，長大了就是青年，先放再說。」

「那現在為什麼不放了？」

「以前放光光了唄。」

「那不公平，我都沒放到……」

兒子啊，放不放假都好，重要的是要有個「自由之魂」，有了才是「青年」。

若老被人牽著鼻子走路，那永遠只能過也沒假放的兒童節啊～

殭屍男

他從床上把棉被捲摔到地板，一屁股坐下去，然後站起來得意地烙英語：

「Can you see me？No, you can't see me!」

我斜眼睥睨：「你在幹嘛？」

「沒有啦，我在學江西男那招。」

「什麼殭屍男？」

「不是啦，是John Cena……」

解釋了半天，終於明白，原來是摔角選手，我小時候也迷過。

「勇敢像豬木，耐戰像馬場……」老歌旋律突然浮現腦海。

——從沒聽他英語那麼溜，謝謝殭屍男。喔不，江西男，John Cena。

（今早寫作業，老師出的作文題目是：「值得我學習的一個人」，他笑逐顏開的跟我說：「爸爸，我要寫John Cena！」）

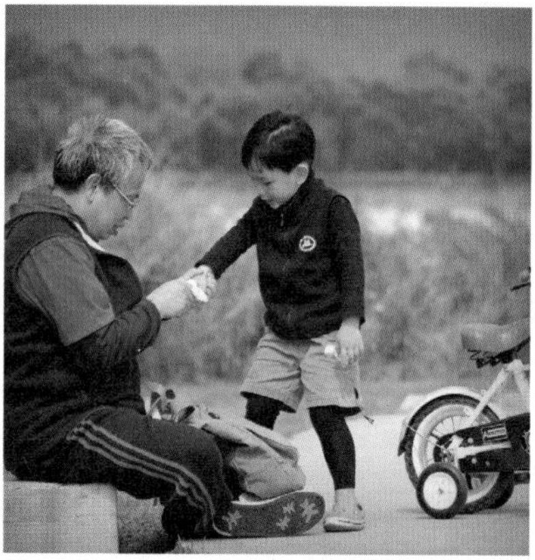

珍重再見

「爸爸，good-bye 的中文是什麼？」

「再見啊。」

「不對，應該是『珍重再見』。」

「怎麼說？」

「再見是 bye，加了 good，就是珍重再見。」

「誰跟你說的？」

「我自己想的。」

「喔，那你蠻厲害的。恭喜你啊。」

「我們補習班的課本連這都不知道，還說是再見……」

「所以呢？」

「我寒假可不可以不去上英語，等他們課本改好再去？」

「喔……別。肖。想！！！」

好小子，繞了半天，想牽我鼻子走路。恁北冇底戇，一雷破你九颱！

搧大耳

台語有一詞彙叫「搧大耳」，指的是被拐了，被牽著鼻子走路。一直覺得這話跟《西遊記》有關，老被孫悟空誆著玩的豬八戒不正是一對大耳朵嗎？

自從他對水族發生興趣後，半年來家裡已有攜帶型小缸三四，打氣型大缸二，養過的包括孔雀、朱文錦、大肚魚、黑姑娘、紅劍、斑龍、珍珠馬甲、小精靈、琵琶鼠、青苔鼠、三間鼠、蓋斑鬥魚……（族繁不及備載），更有怪異的巴西吼龍、恐龍、淡水龍蝦，以及會放電的黑魔鬼。總之，還是台語一句：「齣頭有夠多！」

近日老纏著我，希望我贊助他，他即將開展他的「水族事業」。我摸摸耳朵，小心翼翼問他什麼水族事業？

「幽靈螯蝦啊，你知道嗎？一對可以賣八百塊，一次生兩百~三百顆卵。

我們買對種蝦就行了。」

「沒那麼簡單啦。最後還不是恁北收拾善後，你別肖想了。」

我一口拒絕，他一往直前。每天分出被允許上網的有限時間，到處收集資料，繼續不斷遊說。老子堅決不上當。最後他使出殺手鐧：

「這樣好不好？種蝦我用園遊會賺的錢買，你買缸就好，當我的生日禮物。我生日你還是得送我一點小禮物吧。」

「大概多少錢？」

「不多啦，我問過，一呎二的六百塊就有了。」

他真的很認真，我也對「幽靈螯蝦」很好奇。假期倒數第二天，又想盡辦法纏著我帶他去網路查到的「螯蝦專賣店」「先去看看就好……」因離家不遠，遂點頭，然後：

「聽說專賣店有小蝦送人，搞不好我們可以獲得一對，所以還是先買缸吧，反正最後還是要買，下下禮拜我就生日了唄。」我一聽也有道理，又點頭。然後，買了缸，還買打水器，還買燈，還買底石，還買飼料；看了螯蝦，送的太小，他非要自己出錢買對成蝦當種蝦（錢是他賺的，我能說什麼!?）

有了蝦，還買水草，還買棲息筒，還買水質測量計、穩定劑⋯⋯。

總之，今天又多了貴參參一缸。夜裡，凝視那對看來實在不太幽靈的螯蝦，

一面想像吾兒「水族事業」的未來。

俺但覺得兩隻耳朵越來越大，還被搧得冰涼冰涼。非常豬八戒啊～

看電影

帶他去看電影『不可能的任務：全面瓦解』。

此系列一九九六年首映，外甥剛出生，今年第六集出籠，兒子十歲了。二十多年間，人事多非，還兩次政黨輪替了。風吹雨打雪滿頭，只有阿湯哥，依然韓特。

「爸爸，你看！就是剛才那個鏡頭，阿湯哥沒跳好，扭到腳踝，耽誤進度，要不然這部片子五、六月就上演了……」片頭才開始，他便講了一堆。「奇怪，哪裡看來的？什麼都知道！？」很懷疑他又在唬我。

片子反正有套路，就那麼回事，主要看特效，飛車追逐、槍戰打鬥、上天入地，尤其剝臉皮，「酷啊～」他說。有一場大魔頭等著女主角落下陷阱，他嚇得抱頭縮進椅子：

「爸爸，我不敢看，太可怕了」

「嘿嘿~我要的就是這個。」

驀地想起這輩子第一次進西門町看電影，大約也是這年齡，讀師大附中的小舅帶我去新世界看『四虎將』，西部片，似懂非懂，不像他，什麼都懂。

「我還是覺得有點唬爛！直昇機摔成那樣，還不會死？而且阿湯哥根本不會開直昇機……」散場後，一起上廁所，邊撒尿邊聊。

「兒子，這種片子不講邏輯，就看一個爽字，很爽吧！」

「很爽！但還是有點可怕。」

「不用怕，你只要記得再危險主角也不會死就好了。」

「喔，也對，死了就不能再拍了。」

「阿湯哥有點老了，以前巴掌臉，現在是猩猩巴掌臉。」

「哈哈哈~什麼意思？」

「猩猩手掌大唄，阿湯哥老了，有點腫。」

「那可能沒辦法演下一集了……」

走出戲院，華燈初上，林森北路人頭攢動，吃完晚餐，驚覺口袋只剩十二元。

「兒子，沒錢搭計程車了。我請你看電影，你請我搭計程車吧！？」

「喔嗯，現在不太熱，我看我們還是走路回家吧。」他捏緊錢包說。

跟金牛座兒子看電影，下場如此——『ALWAYS 三丁目の夕日』的感覺。

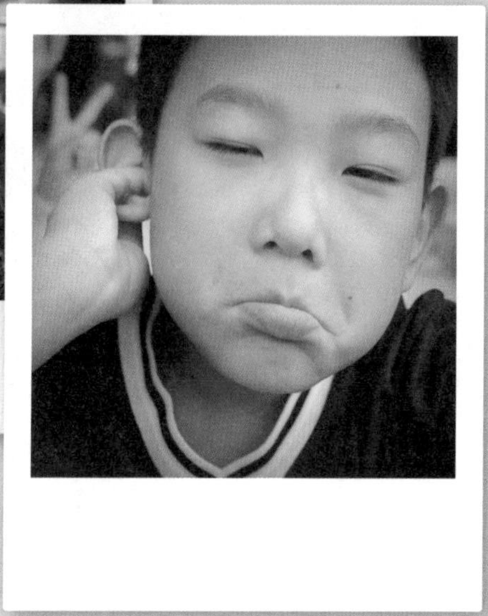

罰中選會

「爸爸，中選會是幹什麼的？」

「辦選舉啊，投票所都他們開的。」

「那不辦選舉的時候呢？」

「我也不太清楚，就準備下一次選舉吧。臺灣選舉太多了。」

「這次他們可慘了。」

「是啊，主委都辭職了說。」

「我覺得還不夠！」

「那怎麼辦？」

「害大家熬夜那麼久，應該罰他二十三天不能睡覺！」

「為什麼是二十三天？」

「我們是十一月二十四日投票，前面有二十三個晚上啊。」

孩子，你這處罰也太可怕了吧，會死人的。

平安符

帶你回澎湖，為終也落葉歸根返回故鄉的老祖父上香，也讓你看看身上一半血液所從來的土地。那多風的島嶼，有大有小，有名的無名的。「爸爸，你看，海好近喔～」飛機下降時，你如此興奮地跟我說。

澎湖的日子是悠哉的。頂著已然吹起的東北季風，帶你到處晃蕩，「沙灘、海浪、仙人掌，還有一位老船長……」，你都看到了。被你呼為「老船長」的姑丈公帶著你解開小艇纜繩在港口繞了一圈。「前進～勇敢的水手」你坐在駕駛座上，高舉手臂，大聲喊叫。這個月的《小太陽》雜誌，講的恰是海盜王跟女兒露西的故事，還教唱了水手之歌。一直想當海盜去尋寶的你，終於也有一艘真正的船了。

最後一日的早晨，一家三口到了觀音亭，澎湖灣旁的著名廟宇。你東轉西逛，拜了又拜。我特別求了一個平安符給你。「觀音妙智力。能救世間苦」，符面繡著這兩句經文。

「平安符是幹什麼的？」

「菩薩保佑你平安啊。」

「怎麼保護？」

「就像是能量槍，會發射防護罩，把你保護起來。」

「像外星人那種嗎？」

「大概就是那樣。」

「可是我看不到啊？」

「相信，就會有了。」

「所以，菩薩就是變形金剛？」

「也可以這麼說啦。」

是的，菩薩就像變形金剛，「相信，就會有了。」孩子，我希望你能記住這件事。宇宙之大，無奇不有。有些東西，你雖看不到，卻不能說沒有，譬如空氣，看不到摸不到，可透過實驗證明，真的就是有。同樣的，有些東西，雖然目前還無法完全證明它有，也不能就說它沒有。譬如人體之內的「氣」。反過來說，很多東西，只要你相信，就有了。譬如，菩薩、上帝、阿拉等等。只要你全心信任祂，祂就會來幫助你。

當然，這種相信，不是隨便的信，而是相信祂所代表的一整個系統，也就是所謂的宗教。爸爸信仰佛教，因此，包括經文、咒語、出家師父、佛像等等，都得抱持尊敬之心，常時禮拜，且得遵守某些戒律。這些事，若能持之以恆作去，內心純淨了，自然會有某種電流跟菩薩相通，遇到困難時，唸咒呼叫，祂便會來幫助你。整個過程，跟電視、電影所演的，真的很像。佛教是這樣，其他宗教也幾乎都是這樣。信仰讓人更有力量，力量的來源，與其說是外在的菩薩、上帝等，毋寧說是內在「我相信」這三個字！

孩子，人間很喧囂，世界也複雜。你進了幼稚園，開始了社會化的過程，有一天，你或許也會感嘆「風塵骯髒違心願」，但人生就是這樣，這是必得走的一條道路。可你一定要相信某些價值，讓自己保持某部分的純真，這樣才不會失去了自己。這些價值，這種純真，完全靠自己去析辨論證，那是相對困難的。如其有緣，相信某種宗教，或許會容易一些。祂未必能讓你致富，也不一定能讓你無憂無愁，但至少可以在你孤獨無助，連爸爸媽媽都不在身邊或無能為力之時，給你一些力量，讓你繼續走下去。——「觀音妙智力。能救世間苦」。「相信，就會有了。」

孩子，真的就是這樣，請用心相信啊！

後記

差不多二〇一〇年的時候，方始嶄露頭角，而在《聯合文學》當編輯賺「所費」的小說家黃崇凱邀我寫專欄。懶人不肯答應，他不放過，叫出「學長」兩字，雙魚座本性發作，遂答應了。寫什麼好？忽然想起過世即將十年的父親，也覺得可以寫了，遂開了個「父の」專欄，說說關於吾父往事。也是在那個時候，我迷上「臉書」，將之當成練筆的所在，寫這寫那，常寫的是自己跟兒子的對話，後來發現不好搜尋，遂掛了個單元名稱叫【父子對話】。

專欄寫了一年，自覺已可交差，崇凱卻不放過，要「學長」繼續，沒用的雙魚座半推半就：「那寫什麼好？」想了想，懶人連專欄名稱都不改，筆鋒下指，寫起兒子來了。常見的寫法是：臉書父子對話當引子、點子，截稿時間到了，好整以暇，抓一篇出來塗塗寫寫，說來寫意，當也是這輩子交稿相對準時的經驗。如此這般又寫了一年，不安於室如我，竟跑去編《短篇小說》，加上原來書店瑣事，「太忙」成了好藉口，這次學弟開恩，魚頭順利獲釋。

臉書「父子對話」卻還繼續著，且頗受愛戴，賺了不少「讚」，直到今天，意猶未盡。

幾年來，好幾位編輯好友都勸我把這對話出成一本書。我並非不動心，卻有個困難：寫臉書從不留底稿，「潑」了就算了，再回頭已百年身，如何打撈？成了最大困難。於是，只要朋友提起這事，我便說：「任你撈，撈到就算你的！」據說真有人動手，最後卻都知難而退。直到去年，緣到時熟，碰到不折不撓的天佩，多謝她願意浪費生命許多時光，竟然完整打撈上岸。於是合兩為一，而有了這本《父子》。

一書之成，尤當時機歹歹之日，要感謝的人特別多，崇凱、天佩恩情如上；當年的專欄讀者，一直以來的臉友都需致意；雲驄、美瑤幫了很大的忙；浩哥特別撥空寫序，雅棠又差點被我煩到無法出國旅行，凡此種種，謹此彎腰鞠躬。

當然，家人是一切的支撐，尤其老婆大人，也要教書也要育兒，不時還得忍受我的任性，說謝謝太見外，我通通感念在心。

國家圖書館出版品預行編目（CIP）資料

父子 / 傅月庵作 . -- 初版 . -- 臺北市 : 早安財經文化 , 2019.01
面； 公分 . -- (生涯新智慧 ; 47)
ISBN 978-986-83196-6-0(平裝)
855　　　　　　　　　　　108000512

生涯新智慧 47

父子

作者：傅月庵
責任編輯：侯天佩
行銷企劃：楊佩珍、游荏涵
攝影：張幼玫、楊雅棠
美術設計：雅堂設計工作室

發行人：沈雲驄
發行人特助：戴志靜、黃靜怡
出版發行：早安財經文化有限公司
台北市郵政 30-178 號信箱
電話：(02) 2368-6840　傳真：(02) 2368-7115
早安財經網站：http://www.goodmorningnet.com
早安財經粉絲專頁：http://www.facebook.com/gmpress
郵撥帳號：19708033　戶名：早安財經文化有限公司
讀者服務專線：(02) 2368-6840
服務時間：週一至週五 10:00~18:00
24 小時傳真服務：(02) 2368-7115
讀者服務信箱：service@morningnet.com.tw

總經銷：大和書報圖書股份有限公司
　　　　電話：(02) 8990-2588
製版印刷：中原造像股份有限公司
初版 1 刷：2019 年 2 月

定價：380 元
ISBN： 978-986-83196-6-0（平裝）